L'idole

Kate Daniel

Traduit de l'anglais par
DENISE CHARBONNEAU

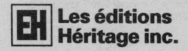

Les éditions Héritage inc.

Données de catalogage avant publication (Canada)

Daniel, Kate

L'idole

(Frissons ; 82)
Traduction de: Teen Idol.
Pour les jeunes de 12 à 14 ans.

ISBN 2-7625-6265-1

I. Charbonneau, Denise. II. Titre. III. Collection.

PZ23.SD254ld 1998   j823'.914   C98-940831-0

Teen Idol
Copyright © 1992 Kate Daniel et Daniel Weiss Associates, Inc.
Publié par HarperCollins Publishers

Version française
© Les éditions Héritage inc. 1998
Tous droits réservés

Illustration de la couverture: Sylvain Tremblay
Infographie de la couverture et mise en page: Jean-Marc Gélineau

Dépôts légaux: 3ᵉ trimestre 1998
Bibliothèque nationale du Québec
Bibliothèque nationale du Canada

ISBN: 2-7625-6265-1   Imprimé au Canada

LES ÉDITIONS HÉRITAGE INC.
300, rue Arran, Saint-Lambert (Québec) J4R 1K5
Téléphone: (514) 875-0327
Télécopieur: (450) 672-5448
Courriel: info@editionsheritage.com

FRISSONS^MC est une marque de commerce des éditions Héritage inc.

Nous remercions le ministère du Patrimoine canadien pour son
aide financière.

À Jim Macdonald et à Debra Doyle,
qui m'ont ouvert la porte.

Remerciements

Ce livre n'aurait pas pu voir le jour sans l'aide, les conseils et les suggestions des personnes dont les noms suivent. Il va de soi que je prends à mon compte toutes les erreurs.

Je tiens à remercier bien sincèrement mon amie Katherine Lawrence, scénariste, pour ses conseils et ses suggestions concernant la production de film, ainsi que Nancy Holder pour les renseignements généraux qu'elle m'a fournis dans ce domaine. Steven Brown, de l'entreprise Rope of Sand Productions, m'a permis d'assister à des tournages et a répondu à mes nombreuses questions.

Virgil et Mary Mercer, du ranch Campstool, m'ont fait voir un autre aspect du tournage d'un film et m'ont renseignée sur la vie de ranch. Enfin, merci à Alta Owens du ranch Hole in the Rock, membre actif de l'American Junior Rodeo Association, pour l'information qu'il m'a communiquée sur le rodéo et l'équitation.

Chapitre 1

La vieille camionnette verte franchit en tressautant la barrière et s'engage sur le chemin de terre en direction des bâtiments du ranch. La caisse est tellement chargée de provisions que Samantha ne se souvient pas d'avoir jamais fait un marché pareil. Sa mère aura bientôt à nourrir une grande quantité de gens et Sam — c'est ainsi que tout le monde l'appelle — vient de passer l'après-midi en ville avec Paul Curtis, son amoureux, à faire les courses énumérées sur sa très longue liste.

Les mains posées sur le volant, elle sent sur ses bras basanés la chaleur des rayons obliques du soleil de fin d'après-midi. Sam est née en Arizona et y a passé toute sa vie. Elle est habituée à l'ardent soleil du désert, auquel elle doit d'ailleurs les reflets blonds et roux qui parsèment ses cheveux châtains.

Elle tourne dans une entrée surmontée d'une enseigne annonçant le ranch Lizardfoot, ainsi nommé parce qu'il est situé au pied du mont Lizard

— qui signifie lézard. Elle passe près de la roulotte récemment installée qui sert de bureau administratif, va jusqu'à la maison et gare la camionnette près de la porte de la cuisine. Pendant que Paul sort la première boîte de provisions, elle se précipite dans la maison. La cuisine est déserte.

— Ohé ! Maman ! Tante Sylvie !

N'obtenant pas de réponse, elle hausse les épaules et retourne à l'extérieur en laissant claquer derrière elle la contre-porte à moustiquaire.

— Elles doivent être sorties, dit-elle à Paul, qui transporte une grosse boîte sous chaque bras.

— C'est pas grave. On peut se débrouiller sans elles.

Sam s'empresse de lui ouvrir la porte et la retient pour le laisser passer, puis elle le débarrasse de l'une des boîtes qu'elle dépose sur la table pendant qu'il pose l'autre par terre.

Il retourne aussitôt à la camionnette reprendre une autre charge. Elle se dit en le regardant aller que Paul est un garçon adroit qui sait faire plein de choses. Ils ont tous les deux dix-sept ans, avec un mois de différence, et se connaissent depuis toujours. Au cours des derniers mois, Paul a atteint le mètre quatre-vingts et sa carrure laisse deviner sa force. Il faut certes beaucoup plus de muscles pour maîtriser un bouvillon que pour porter quelques sacs de pommes de terre.

— J'espère que ta mère ne sera pas trop débordée avec tous ces repas à préparer. Où est-ce qu'elle voudrait que je mette ça, d'après toi? lui demande-t-il en soulevant un sac de pommes de terre de vingt kilos.

— Ici, dit Samantha en lui ouvrant la porte du garde-manger.

Les tablettes qui couvrent les murs de la petite pièce débordent de pots de légumes en conserve et de gelée de figues, tandis qu'au centre sont empilés des contenants d'aliments grand format.

La mère de Samantha arrive juste au moment où ils finissent de ranger les provisions.

— Oh, bravo! Vous avez déjà tout rangé. Merci, Sam, ça me rend service. Tu sais, je commence à me demander si tout ça était vraiment une bonne idée.

— J'ai confiance, maman. Tante Sylvie et toi, vous pouvez réussir n'importe quoi.

Sam sourit à sa mère, qui hoche la tête d'un air dubitatif.

— Je n'en suis pas si sûre. Nourrir toute une équipe de tournage... Enfin, on verra bien. Rien ne sert de s'inquiéter à l'avance.

L'entente avec les gens de Hollywood est conclue depuis déjà plusieurs mois, mais Sam n'y croit pas encore. On va tourner un film au ranch Lizardfoot! Il faut dire que la compagnie cinématographique a offert aux Phillips des conditions si alléchantes qu'ils pouvaient difficilement refuser.

Le film se déroule dans un ranch, à notre époque, et depuis plus de deux semaines une équipe s'affaire à organiser le plateau de tournage. Un bureau a été aménagé dans une roulotte où on a installé l'électricité et le téléphone. Madame Phillips et sa belle-sœur Sylvie, la tante de Samantha, ont signé un contrat pour la préparation des repas. Elles devront donc servir deux repas par jour à toute l'équipe, acteurs et techniciens, plus des goûters et quelques repas spéciaux. Sam est curieuse de voir comment son quotidien sera représenté à l'écran et elle attend avec impatience le début du tournage.

Avec Paul, elle va jeter un coup d'œil à l'arène de rodéo qui a été construite derrière l'écurie.

— Je veux voir ce qu'ils ont fait, dit Paul. Tu crois qu'il vont t'écarter, quand ils vont commencer le tournage ?

— Papa a posé la question aux producteurs lorsqu'ils rédigeaient l'entente. C'est sûr qu'ils ne peuvent pas laisser tout le monde fureter autour, mais, après tout, nous sommes chez nous. Ils vont tourner beaucoup dans l'écurie et même un peu dans la maison. Quand le réalisateur a vu l'écurie, il l'a trouvée parfaite, ajoute-t-elle en contemplant avec fierté le grand bâtiment. Et étant donné que nous continuons d'habiter ici, ils ne peuvent quand même pas nous empêcher de les regarder travailler.

— Tant qu'ils n'essaieront pas de sortir Brindille de sa stalle, rétorque Paul en riant, ils ne devraient pas avoir d'ennuis. Est-ce qu'ils vont l'utiliser ?

— Non, ils ont loué quelques chevaux seulement.

Brindille est la jument de Samantha. Quand Sam l'a reçue en cadeau, ce n'était encore qu'une pouliche.

En passant à côté de l'écurie, ils tombent sur une jeune fille qui va d'un pas pressé.

— Salut, Sam. As-tu vu Dave ?

Samantha fait signe que non.

— Oh ! Peut-être que je devrai trouver un autre professeur pour ma leçon d'équitation, dit-elle en reluquant Paul. Bonjour, je m'appelle Nicole, ajoute-t-elle en lui tendant la main.

Nicole Blakely est la seule actrice de la distribution qui soit déjà sur place. Elle est arrivée une semaine avant les autres pour perfectionner ses talents de cavalière. Une doublure exécutera les scènes difficiles à sa place, mais elle tient à s'acquitter de son travail le mieux possible. Sam a fait quelques randonnées avec elle. Elle se débrouille bien, mais manque un peu d'expérience. Sam se dit qu'à la façon dont elle sourit à Paul, il y a d'autres domaines où elle ne manque pas d'expérience.

Paul lui prend la main d'un air éberlué. La jeune actrice mesure à peine plus d'un mètre cinquante et paraît toute petite à côté de lui. Elle a des cheveux noirs bouclés et un teint olive sans la moindre imperfection. La première fois que Sam l'a rencontrée, elle ressemblait à n'importe quelle fille de l'école secondaire d'Agua Verde. Mais en présence d'un garçon, beau en plus, Sam prend conscience que Nicole est une vedette qui a l'habitude d'obtenir tout ce qu'elle veut. Son habile jeu de séduction a pour effet d'intimider Paul, qui regarde le bout de ses chaussures avec un sourire gêné. Mais il ne semble pas dédaigner ce petit jeu. Sam, quant à elle, ne l'apprécie pas du tout. Mais comment blâmer Nicole ? Paul, malgré son nez un peu crochu depuis qu'il l'a cassé en tombant d'un cheval sauvage, est toujours le plus beau gars de l'école d'Agua Verde.

Avant que Sam puisse placer un mot, un garçon blond aux yeux sombres surgit à l'angle de l'écurie. Après un bref signe de tête à Samantha et à Paul, il s'adresse aussitôt à Nicole.

— Te voilà ! Es-tu prête à monter ?

— Je te rejoins dans une minute, Dave. Veux-tu sortir les chevaux, en attendant ?

Elle le gratifie d'un sourire encore plus enjôleur que celui qu'elle a adressé à Paul, mais Dave ne paraît nullement impressionné. Après un autre léger signe de tête à Paul et à Sam, il disparaît dans l'écurie.

— Bon, on se reverra sûrement, dit Nicole.

Et elle ajoute à l'intention de Paul, avec un rire rauque que Samantha ne lui connaît pas :

— À moins que Sam se méfie et t'enferme jusqu'à mon départ !

Elle lui sourit de nouveau et fait un petit salut à Samantha avant de tourner les talons. Après son départ, Paul siffle entre ses dents et lance tout bas :

— Eh bien! C'est donc ça, une vedette de cinéma! On ne peut pas dire qu'elle est timide. Et le gars, qui est-ce? Il n'a pas l'air très commode.

— Il s'appelle Dave Jeffries. Je l'ai rencontré une ou deux fois. C'est lui qui va doubler Tim Rafferty pour les prouesses dangereuses. Pour l'instant, il enseigne à Nicole à monter à cheval.

— Je me demande ce qu'il lui enseigne d'autre, dit Paul d'un air songeur en reprenant sa marche.

Quand Paul et Samantha reviennent à la maison, c'est déjà l'heure du souper et madame Phillips vient tout juste de déposer une assiette de poulet frit sur la grande table. Monsieur Phillips termine une conversation par radio avec un autre propriétaire de ranch. La bonne odeur de la cuisine maison emplit toute la pièce quand Sylvie apporte un plat débordant d'épis de maïs.

La famille peut encore prendre le repas en toute quiétude. Très bientôt, le ranch grouillera d'étrangers et madame Phillips et sa belle-sœur seront trop occupées pour préparer les repas de la famille. Comme le dit le père de Sam, c'est le calme avant la tempête.

— Pendant un petit bout de temps, ce ne sera pas facile de faire fonctionner le ranch, dit-il pendant que tout le monde se met à table. Il va falloir que je me tienne loin de tout ce cirque, puisqu'ils ne veulent pas voir dans l'image la moindre trace de la vraie vie du ranch. Mais ce sera quand même une expérience intéressante, ajoute-t-il en se servant un deuxième épi de maïs.

— Es-tu allé voir l'arène de rodéo, papa? lui demande Sam. Ce sera formidable pour l'entraînement.

Samantha est championne de course autour des tonneaux, mais elle n'a jamais eu d'endroit où s'entraîner. Or les producteurs ont construit une arène pour les besoins du film et ont convenu de la laisser en place après le tournage.

— Tu ferais mieux d'aller t'y entraîner tout de suite, Sam, lui fait remarquer sa tante. La semaine prochaine, tu ne pourras peut-être pas t'en approcher sans entrer dans le champ de la caméra. À moins que tu aies envie de devenir vedette de cinéma, ajoute-t-elle en riant.

Paul et Samantha ont nettoyé la cuisine après le souper et, plus tard, ils vont faire une promenade. Main dans la main, ils marchent en silence. Ils se connaissent depuis toujours et ont commencé à sortir ensemble graduellement, sans trop s'en rendre compte.

Ils contournent le hangar où est garé l'avion ultraléger du ranch. En terrain accidenté, le petit avion est aussi utile que les chevaux pour suivre le bétail. Cet après-midi, des ouvriers ont terminé l'installation d'une tente, juste à côté du hangar, qui servira de cantine.

— Ç'a l'air solide, fait remarquer Paul en

secouant un montant de soutien.

Samantha s'assoit sur le bout d'une table sous la grande toile. Paul vient la rejoindre près d'elle et la serre gentiment contre lui.

— J'avoue que je ne comprends pas, dit-il. Pourquoi se sont-ils donné la peine de construire une arène ?

— Il y a des scènes de rodéo dans le film et il leur fallait une arène. Alors ils ont jugé bon d'en construire une.

— As-tu hâte de voir comment Nicole se débrouille à la course autour des tonneaux ?

— Voyons, Paul ! Tu ne penses tout de même pas qu'elle en fait vraiment. Elle aura une doublure, tout comme Tim Rafferty est doublé par Dave.

— Dommage. J'aurais aimé voir ce qu'elle sait faire.

Malgré la pénombre, Samantha distingue son sourire taquin.

— Mais tu n'as rien à craindre. Même si elle est sublime, c'est toi que j'ai envie de regarder.

Il l'embrasse doucement et ajoute :

— Il est tard et j'ai promis à mon père d'aller vérifier les réservoirs de l'autre côté du mont Lizard, demain.

Il glisse de la table et soulève Sam pour la poser par terre, puis ils retournent vers la maison.

— Je me demande si Dave aura beaucoup de travail, s'interroge-t-elle. Tim Rafferty est censé être bon cavalier.

— L'as-tu rencontré ?

— Non, mais j'en meurs d'envie ! Il est tellement beau ! s'écrie-t-elle d'une voix aiguë, imitant une groupie.

La vedette de *Vent d'Ouest* a dix-huit ans, à peine un an de plus qu'elle. Sans être une téléspectatrice assidue, Sam l'a vu assez souvent pour avoir hâte de le rencontrer. Tim est célèbre depuis longtemps ; il a pratiquement grandi devant les caméras.

Paul se met à rire.

— Hé ! N'oublie pas que c'est moi, ton amoureux.

Il la prend dans ses bras et l'embrasse de nouveau.

— Je ne l'oublie pas, dit-elle doucement. Et toi, tâche de t'en souvenir quand tu reverras Nicole !

Sur le chemin du retour, elle pense à sa relation avec Paul. Ils se connaissent depuis si longtemps qu'elle se demande parfois s'ils n'ont pas tout simplement choisi la voie la plus facile. Elle n'est jamais sortie avec un autre garçon.

Ils s'arrêtent à côté de sa camionnette et la voix de Paul la tire de ses rêveries.

— Sérieusement, Sam, fais attention à ce type-là. On m'a dit qu'il n'est vraiment pas correct avec les filles. Il va habiter au ranch, alors méfie-toi.

— Je suis une grande fille, tu sais.

Elle est toujours un peu irritée quand il prend ce ton possessif. Paul est son ami, mais ça ne lui donne aucun droit sur elle. Tout à l'heure, quand elle parlait de Nicole, elle plaisantait. Mais Paul, lui, semble tout à fait sérieux.

— Serais-tu jaloux ?

— Mais non, proteste-t-il en prenant un air un peu renfrogné. Je dis simplement que la vedette du film a très mauvaise réputation.

Sam s'assoit sur le marchepied de la camionnette.

— Et qu'a-t-il donc fait ? demande-t-elle.

— Je ne sais pas. J'ai seulement entendu dire que c'est un gars qui attire les ennuis.

— Je peux m'occuper de moi-même, rétorque Samantha.

À la lueur de la lumière de la cuisine, elle aperçoit le sourire penaud de Paul, qui vient s'asseoir près d'elle et lui caresse la joue du bout des doigts.

— Je le sais bien. J'espère seulement que ce type-là n'a pas besoin d'être remis à sa place ! Si c'est le cas, je m'en chargerai.

Chapitre 2

La semaine suivante, le ranch Lizardfoot est aussi grouillant qu'une petite ville. Si la plupart des roulottes abritent l'équipement et les grosses génératrices nécessaires à l'éclairage, quelques-unes servent d'appartements. La vedette du film, Tim Rafferty, et quelques autres ont préféré demeurer au ranch plutôt que de se loger en ville. D'autres membres de l'équipe technique et de la distribution habitent dans les ranchs environnants, car l'unique motel et les quelques auberges de la petite ville d'Agua Verde affichent complet.

Le lundi, madame Phillips et sa belle-sœur Sylvie commencent à cuisiner pour toute l'équipe. Elles ont l'habitude de préparer d'imposants repas, mais cuisiner pour une centaine de personnes, c'est autre chose. Et même si Samantha et son père ont mis la main à la pâte, il est plus de seize heures quand le grand nettoyage est enfin terminé après le dîner.

— Il nous faudra un peu de temps pour trouver

le bon rythme, mais pour une première journée, on s'en est bien tirées, fait remarquer tante Sylvie.

Elles s'en sont bien tirées, c'est vrai, mais Sam a aussi eu un avant-goût de la somme de travail qui l'attend tout l'été, et Hollywood perd un peu de sa fascination sous la réalité des piles de casseroles à récurer.

Pas toute sa fascination, cependant, il faut bien l'avouer. Les noms célèbres que Nicole a mentionnés pendant le repas sont reliés à de vraies personnes, dont certaines seront bientôt au ranch. Samantha a tellement hâte de les voir qu'aucune corvée ne peut refroidir son enthousiasme.

Mardi, les choses vont déjà mieux. Sam est toutefois déçue d'être confinée à la cuisine pendant le repas plutôt que de servir aux tables. Elle n'a pas rencontré d'autres acteurs que Nicole et Dave et se demande, en sortant le sac à ordures de la poubelle, si son été va lui laisser d'autres souvenirs que la vaisselle sale.

Heureusement, sa mère a pitié d'elle.

— On peut se débrouiller avec le reste, Sam. Va donc vérifier les boissons gazeuses et les goûters, ensuite tu pourras prendre congé pour la journée.

— Merci, maman ! s'écrie-t-elle avec reconnaissance.

Elle prend quelques sacs de glaçons dans l'immense congélateur que son père a installé et part en jubilant. Les boissons gazeuses et les goûters sont rangés dans une fourgonnette qui servira de cantine mobile. Elle espère bien qu'elle aura la chance d'observer ce qui se passe en allant partout où l'équipe tournera.

Pendant qu'elle remplit la cuve galvanisée de canettes et s'apprête à y verser les glaçons, elle sent un regard posé sur elle. Elle se retourne et aperçoit un visage familier. Très familier, même.

C'est Tim Rafferty ! Elle a déjà vu ses yeux d'un bleu profond et son visage basané en photo et à la télé, mais elle est stupéfaite de le voir en personne.

Il lui dit bonjour et elle est encore plus surprise de constater qu'il a exactement la même voix qu'à la télé. Elle ne devrait pas s'en étonner, mais c'est comme si une photo de magazine se mettait à parler.

Il passe devant elle pour prendre une boisson, qu'il lui tend.

— Tu en veux une ?

Elle fait signe que oui et il en prend une deuxième pour lui.

— Au fait, je m'appelle Tim Rafferty.

Elle retrouve enfin la voix.

— J'avais deviné, dit-elle avec un grand sourire. Moi, je m'appelle Sam Phillips.

— Phillips ? Tu es la fille des propriétaires du ranch ? Heureux de te rencontrer. Très heureux, même.

Il lui sourit d'un air admiratif tout en tirant sur l'anneau de la canette et il l'observe avec tellement d'insistance qu'elle ne se gêne pas pour en faire autant. Elle le croyait plus grand. C'est à peine s'il la dépasse de quelques centimètres. Ses cheveux dorés négligemment repoussés en arrière, ses pommettes saillantes et ses yeux très écartés sont encore plus frappants qu'à l'écran. Sam a déjà lu que la caméra a tendance à flatter, mais si Tim est magnifique à l'écran, en personne il est tout simplement superbe.

— On trouve d'extraordinaires paysages en Arizona, dit-il sans la quitter des yeux.

Elle écarte le compliment d'un léger hochement de tête et lui demande :

— Quand es-tu arrivé ? Personne n'a rien dit.

Aussitôt la question posée, elle craint de paraître trop curieuse. Mais Tim ne semble pas s'en formaliser.

— J'arrive à peine. Je n'ai pas encore donné signe de vie, lui dit-il avec un sourire complice. Je suis arrivé à Tucson ce matin, mais j'ai pris mon temps pour venir jusqu'ici. C'est la première fois que je viens en Arizona et je voulais visiter un peu. J'aurais pu prendre l'avion, mais comme j'avais fait expédier mon Bronco, j'ai conduit jusqu'ici.

Sam croit un instant qu'il parle d'un cheval, puisque les broncos sont des chevaux sauvages, mais elle comprend vite qu'il s'agit d'un véhicule à quatre roues motrices.

— Le trajet ne prend que deux heures, fait-elle remarquer.

— J'ai un peu fureté en ville avant de prendre

la route, et je ne suis pas venu en droite ligne. J'ai pris le temps d'explorer un peu le coin avant de me plonger dans le travail.

Il sourit comme un écolier qui a fait l'école buissonnière.

— Dès qu'on commencera à filmer, j'aurai très peu de temps libre. Si je les laisse faire, ils vont me tuer au travail.

— Je te comprends. Ici, si on ne fait pas attention, on travaille sans arrêt. Mais moi, j'ai de la chance. Mes parents ne sont pas sévères et ils me laissent faire les choses à mon rythme, pourvu qu'elles se fassent.

— Ils sont plus raisonnables que certains réalisateurs de ma connaissance qui ont l'air de croire que je devrais pouvoir travailler vingt heures par jour, dit-il en faisant la moue.

— Penses-tu avoir un peu de temps libre pendant ce tournage ?

— J'ai bien l'intention d'y veiller. Peut-être que tu pourras me faire visiter les environs.

— Il n'y a pas grand-chose à voir par ici.

— Je parie le contraire, dit-il avant qu'elle puisse ajouter quoi que ce soit.

Leur conversation est brusquement interrompue par un homme à l'air exaspéré.

— Monsieur Rafferty ! On vous a cherché partout. Monsieur Ryder est fu... enfin, monsieur Ryder s'inquiétait quand il a vu que vous n'étiez pas encore arrivé à midi.

Il essaie d'entraîner Tim par le bras, mais celui-ci se dégage et rétorque :

— Personne ne m'a demandé d'arriver avant midi. Allez dire à Ryder que vous avez trouvé le fugitif et que je suis à lui dans cinq minutes.

L'homme s'apprête à protester, mais Tim insiste :

— Cinq minutes. Et pourriez-vous demander qu'on sorte mes affaires de la voiture et qu'on les mette dans ma roulotte, s'il vous plaît ?

— Très bien. Cinq minutes, répond l'homme d'un air contrarié, puis il tourne les talons et repart aussi vite qu'il est arrivé.

Tim se tourne vers Samantha et lui décoche un sourire, le même qu'il affiche à la télévision.

— Tu vois ce que je voulais dire ? C'est déjà commencé.

— Tu ferais peut-être mieux d'aller te montrer.

— Oui, je vais y aller, dit-il d'une voix nonchalante. Mais je te reverrai plus tard. N'oublie pas, tu as promis de me montrer le ranch.

— Je n'ai rien p...

— S'il te plaît, dit-il en lui prenant la main. Tu veux bien ?

« Le misérable ! se dit-elle. Il sait arriver à ses fins. » Elle se rappelle aussitôt ce que Paul lui a dit à propos de la réputation de Tim. En même temps, elle sait qu'elle meurt d'envie de lui faire visiter les environs. C'est un acteur et un charmeur, autant dire un personnage faux, aux yeux de Sam. Mais elle doit avouer que loin de paraître faux, Tim semble au contraire très intéressant.

— D'accord. Si tu trouves le temps, finit-elle par dire.

— Super! Je tiens ta réponse pour une promesse!

Elle reste là quelques instants, un sourire accroché aux lèvres, avant de finir de vérifier les casse-croûte.

Après avoir fini ses courses de la journée, Sam décide d'aller monter Brindille. Pendant qu'elle selle la jument, Nicole arrive, suivie d'une fille qu'elle n'a encore jamais vue et qui lui paraît un peu bizarre. Elle a des cheveux très noirs qui détonnent avec ses yeux verts et son teint clair. Ils lui donnent un air sévère et artificiel. Au bout d'un moment, Sam constate qu'il s'agit d'une teinture et que la nouvelle venue est coiffée exactement comme Nicole. Elle comprend aussitôt quand celle-ci les présente.

— Sam, voici Hélène Strichek, qui va être ma doublure. Hélène, je te présente Samantha Phillips. Ses parents sont les propriétaires du ranch. On allait justement faire une randonnée, Sam. Hélène a besoin de voir comment je monte pour pouvoir m'imiter. Tu permets qu'on aille avec toi?

Sam préférerait rester seule, mais elle se sentirait impolie de refuser. La promenade va quand même lui faire du bien et l'éloigner de toute l'agitation qui s'est emparée du ranch.

— Bien sûr, venez, dit-elle. J'allais juste faire une courte promenade.

Elle aide Nicole à seller Lambin, un hongre bai que les Phillips ont loué à la compagnie de cinéma. Le cheval est petit et compact comparé à Brindille, un grand alezan clair. Entre-temps, Hélène choisit un autre cheval loué à la compagnie, un appaloosa baptisé Joyeux ; elle le selle avec une rapidité et un savoir-faire révélant des années d'entraînement.

Les trois cavalières se mettent en selle et s'éloignent des bâtiments en direction du nord. Sam avait prévu d'aller vers la crête qui sépare le ranch de ses parents de celui de la famille de Paul, d'où on a une vue imprenable de Lizard Creek, mais, avec Nicole, elle préfère rester sur les pistes faciles. Sam les amène donc vers le canyon principal, qu'elles remontent jusqu'à un canyon secondaire. Elles tournent ensuite vers l'est en grimpant les pistes. Arrivées au sommet d'une petite élévation, elles s'arrêtent.

— Génial ! s'exclame Nicole. Mais où sommes-nous ?

— Sur la face nord de Little Toe, répond Sam en montrant le chemin qu'elles viennent de parcourir. On appelle le grand canyon Lizardfoot à cause de la façon dont ces canyons parallèles le rejoignent. D'ici, on ne peut pas voir, mais plus loin sur la rivière, quand on regarde la montagne, elle ressemble à un lézard qui paresse au soleil. Enfin... si on plisse un peu les yeux et si on fait appel à son imagination !

Hélène pouffe de rire à cette remarque. C'est le premier son qu'elle émet.

— As-tu vécu dans un ranch, Hélène ?

— Non. J'ai été élevée en ville.

— N'insiste pas, Sam, intervient Nicole. J'ai rencontré Hélène avant de venir ici et si j'additionne toutes ses paroles jusqu'à présent, je pense qu'elle n'a pas parlé pendant cinq minutes. J'ai raison, Hélène ?

— Je ne suis pas une actrice, répond l'interpellée, mal à l'aise. Moi, ce que je sais faire, c'est monter à cheval et c'est pour ça que je suis ici.

— Regarde autour de nous, continue Nicole. Tu vois des caméras ? Quand on tournera, tu devras te taire, c'est vrai, mais pour l'instant tu peux parler.

Hélène sourit, visiblement embarrassée. Samantha n'a jamais rencontré de personne aussi timide et la façon qu'a Nicole de la harceler ne va sûrement pas l'aider.

— As-tu déjà fait du rodéo ? insiste Samantha.

Elle songe aux rubans qui ornent un mur de sa chambre et qu'elle a remportés dans les compétitions de gymkhana et de rodéo. Hélène a dû faire le même parcours pour exécuter les acrobaties à cheval dans le film.

— Un peu, répond Hélène avec un léger haussement d'épaules.

Sa réponse laconique décourage Samantha, qui renonce à essayer de faire la conversation avec la jeune cascadeuse. Elle s'adresse plutôt à Nicole.

— Est-ce la première fois que tu travailles avec Tim Rafferty ?

Nicole plisse les yeux.

— Tu ne lis jamais les journaux à potins ?

Sam fait signe que non.

— C'est notre troisième film. On est un peu sortis ensemble pendant le deuxième, mais cette fois-ci je m'en tiens strictement à des relations professionnelles avec lui. Es-tu une de ses admiratrices ?

— Je ne regarde pas assez la télé pour être une grande admiratrice de quiconque. Mais je l'ai déjà vu — qui ne l'a pas vu ? — et je l'ai rencontré tout à l'heure, juste avant qu'on parte à cheval.

— Oh ! fait Nicole.

Puis elle la fixe longuement, avec un petit sourire en coin.

— Écoute, Sam, il faut que je te parle un peu de Tim Rafferty.

— Il commence à se faire tard, l'interrompt Hélène.

Elle fait tourner son cheval et reprend la direction de la piste qui mène au ranch. Samantha s'apprête à la suivre, mais Nicole l'arrête de la main.

— Tim a une certaine... réputation, commence-t-elle en regardant Sam droit dans les yeux, l'air grave. Mais Sam perçoit autre chose derrière son expression sérieuse. Serait-elle jalouse ? Ou bêtement méchante ? Impossible à dire.

— Partout où il tourne et dans chaque production, Tim a une nouvelle amie, continue Nicole. Je t'ai dit qu'on était sortis ensemble pendant notre deuxième film. Ç'a duré jusqu'à ce que nous allions tourner à l'extérieur et qu'il s'entiche d'une fille de la région. Il est très indépendant. Sauf vis-à-vis de son tuteur, je dois dire. Tu sais sans doute que ses parents sont décédés?

Sam fait un signe de tête affirmatif. L'écrasement de l'avion à bord duquel ils étaient, il y a cinq ans, a fait les manchettes.

— Bref, je n'ai pas apprécié son comportement et je le lui ai dit. On s'entend bien devant la caméra et même en dehors du travail, mais à condition qu'il me laisse tranquille.

— Merci de m'avertir, mais je ne le reverrai probablement pas.

Sam sait très bien qu'elle ment et l'écho de la voix de Tim lui répète au fond d'elle: «Je tiens ta réponse pour une promesse.»

Nicole écarte d'un geste sa protestation.

— Il t'a vue, ça suffit. Tu es très jolie, et c'est sûr qu'il ne s'intéressera pas à Hélène, parce qu'elle est bien trop timide et qu'elle sera trop souvent avec moi.

Elle sourit et cette fois il y a une étincelle de méchanceté dans ses yeux.

— Ça ne lui plairait pas de l'entendre, mais on dit qu'il porte malheur aux filles qui succombent à son charme.

Sam presse ses genoux contre les flancs de Brindille pour lui faire prendre le chemin du retour et lance à Nicole par-dessus son épaule :

— Je pense qu'il n'y a pas de quoi m'inquiéter.

— Tant que tu restes loin de Tim Rafferty ! marmonne Nicole en la suivant, mais assez fort pour qu'elle l'entende.

Quand elles rentrent à l'écurie, Hélène a déjà débarrassé Joyeux de sa selle. Sam et Nicole en font autant avec leurs chevaux et, pendant qu'elles les pansent, Dave Jeffries arrive.

Sam peut voir les ressemblances entre lui et Tim. Ils ont les cheveux de la même couleur et à peu près la même taille et la même carrure. Mais Dave n'a pas la même désinvolture, le même charme que Tim. Pour l'instant, il a l'air plutôt irrité.

— Hélène, où étais-tu passée ? demande-t-il. La seconde équipe est censée être à l'arène dans dix minutes. On ferait mieux d'y aller avant que Rick décide de filmer les cascades sans nous.

Il l'attend en se balançant sur les talons pendant qu'elle finit de panser Joyeux.

Nicole observe le cascadeur du coin de l'œil, mais il continue de se balancer d'avant en arrière. Une fois qu'ils sont partis, elle dit avec un soupir :

— Voilà un garçon intéressant pour toi, Sam, et sans doute le plus difficile à percer que j'aie jamais connu.

— Tu le connais depuis longtemps ?

— À vrai dire, je ne le connais pas encore. Je le voudrais bien, mais il est trop distant. Il fait de la cascade depuis quelques années, mais je n'ai jamais travaillé avec lui.

— Et Hélène, tu as déjà travaillé avec elle ?

— Non. Je ne sais pas où ils l'ont dénichée, répond Nicole en se massant l'arrière des cuisses. Ouf, j'ai les jambes raides.

— Va prendre un bon bain chaud et tu te sentiras beaucoup mieux demain matin.

— Bonne idée. D'autant plus qu'à partir de demain, je ne pourrai plus me prélasser longtemps dans la baignoire, puisque l'équipe principale commence à tourner. Tu veux aller jeter un coup d'œil à ce qu'on va faire ?

Pendant qu'elles se rendent à l'arène, Nicole explique à Sam le fonctionnement d'une équipe de production. Dave et Hélène font partie de la seconde équipe, celle des cascadeurs. L'équipe principale est composée des vedettes, dont Nicole fait évidemment partie. L'autre vedette est déjà dans l'arène, en conversation avec un homme à l'air las et à la moustache broussailleuse.

— C'est John Ryder, le réalisateur, lui explique Nicole à voix basse. Il est excellent, mais tellement perfectionniste que c'est un peu pénible de travailler avec lui.

Elle traverse la barrière et va rejoindre l'acteur et le réalisateur, laissant Sam en plan. Celle-ci marche le long de la clôture pour tenter de se rapprocher. Tim l'aperçoit et lui fait un bref sourire. Ses yeux sont toujours d'un bleu aussi intense, même à une douzaine de mètres.

— ... un peu différemment... est en train de dire Ryder. Tu vas courir jusqu'à la clôture et l'escalader le plus vite possible, puis t'arrêter au sommet. La caméra va te filmer en contrebas dans cette position, que tu garderas quelques instants. Ça devrait être une bonne prise de vue pour passer les titres en surimpression. Ensuite, tu enjambes la clôture et tu sautes sur le sol. C'est une simple chute de deux mètres. On ne devrait pas avoir besoin de doublure.

— La plupart du temps, je n'aurai pas besoin de doublure, assure Tim. Mais je ne suis pas sûr de pouvoir courir et grimper à toute vitesse sans perdre le rythme et en ayant l'air naturel. Laisse-moi essayer.

Samantha s'éloigne un peu de la clôture. Tim et le réalisateur continuent de discuter et Ryder pointe le doigt dans sa direction, sans doute parce qu'elle se trouve à l'endroit où on installera la caméra pour filmer le plan. Elle est ravie à l'idée qu'elle verra la scène du bon angle.

La discussion prend fin et Tim court à grandes foulées jusqu'à la clôture. Sam le trouve aussi gracieux et naturel que Brindille, et c'est le plus beau compliment qu'elle puisse lui faire. Il grimpe la clôture avec aisance et s'arrête au sommet. D'où elle se trouve, elle peut imaginer que la prise de vue sera magnifique.

Mais quand Tim prend son élan pour sauter par-dessus la clôture, le dernier barreau craque sous son poids et vole en éclats. Il a tout juste le temps de pousser un cri de surprise avant de s'étaler parmi les planches brisées, le visage enfoui dans les débris.

Il règne pendant quelques instants un silence stupéfait, rompu par le craquement d'une dernière planche qui s'effondre par terre. Puis des gens accourent de partout en criant. Tim se redresse et grimace de douleur. Un éclat de bois lui a écorché la joue gauche, évitant de justesse le coin de l'œil. Il touche avec précaution sa blessure et regarde avec étonnement le sang qui macule ses doigts.

En le voyant tomber, Sam a couru vers lui. Elle lui tend la main pour l'aider à se relever et pendant qu'il se remet debout, John Ryder et les membres de l'équipe se fraient un chemin dans l'enchevêtrement de planches brisées.

Tout le monde parle en même temps, pose des questions et exige des explications. Quelqu'un tend un mouchoir à Tim pour qu'il puisse essuyer le sang qui lui coule sur le menton. Dans tout ce brouhaha, il parvient à dire merci à Samantha d'une voix faible.

Elle remarque qu'il a une expression bizarre. Il est secoué, cela va de soi, mais il y a autre chose. De la colère, de la surprise et...

Ce n'est qu'un petit accident, mais Sam décèle une pointe de terreur dans les yeux de Tim.

Chapitre 3

Le réalisateur essaie d'être le plus discret possible sur l'accident de Tim, mais dans les jours qui suivent, le sujet est sur toutes les lèvres. Sam a entendu des membres de l'équipe parler de l'incident et de la blessure de Tim. Certains disent que l'acteur est un empoté qui risque de se blesser grièvement s'il n'y prend garde. D'après Sam, Tim n'a pas été maladroit, mais plutôt malchanceux. Les bavardages finissent par cesser et, très vite, la vie reprend son cours. À la fin de la semaine, on croirait que le ranch abrite une équipe de film depuis toujours.

Même à l'heure des repas, Sam n'a pas revu Tim Rafferty depuis l'accident, malgré la promesse qu'il lui a arrachée le jour de leur rencontre.

Tournage ou non, les tâches quotidiennes du ranch doivent se poursuivre comme si de rien n'était. C'est ainsi que Sam passe la matinée du vendredi à inspecter à cheval la clôture qui entoure le ranch afin d'y déceler des brèches. Son père a repéré plusieurs bêtes en liberté en survolant le ranch avec l'ultraléger, mais comme il ne peut pas voir du haut des airs comment elles se sont échappées, une vérification au sol est nécessaire. Sam a été heureuse de se porter volontaire pour accomplir cette tâche, non seulement parce que c'est un bon prétexte pour monter Brindille une partie de la journée, mais parce que la brèche devrait se trouver quelque part sur la crête de Winter, l'un des coins du ranch qu'elle préfère.

Après une escalade ardue, elle surplombe les bâtiments du ranch de plusieurs centaines de mètres. La clôture qui longe la crête marque la limite entre le ranch de ses parents et celui de la famille de Paul. Elle laisse retomber les rênes pour permettre à Brindille de brouter pendant qu'elle observe le canyon et le ranch. Ces vastes horizons lui donnent toujours un sentiment de solitude et de liberté.

Soudain, elle entend un cri derrière elle. Brindille relève la tête et fait quelques pas de côté en réaction aux coups de talon involontaires que sa maîtresse lui a donnés dans les flancs. Tim Rafferty, montant un magnifique hongre noir que Sam ne connaît pas, arrive dans sa direction.

— Je commençais à me demander si tu n'étais pas allée d'un autre côté, dit-il en s'arrêtant près d'elle.

Sam reste bouche bée tant elle est surprise. Elle ne s'attendait pas à rencontrer quelqu'un ici, surtout pas Tim Rafferty.

— Ta mère m'a dit où tu étais et m'a indiqué cette route en m'assurant que je ne pouvais pas la rater. Mais j'avoue que j'ai eu peur de me perdre.

Il lui sourit de ce même sourire communicatif qu'elle lui a vu il y a quelques jours.

— Tu ne peux vraiment pas te perdre si tu longes toujours la clôture, dit-elle en retrouvant vite son aplomb.

Elle est moins troublée que la première fois qu'elle l'a rencontré. Ce jour-là, elle voyait surtout l'acteur en lui, tandis qu'aujourd'hui, chez elle et en pleine nature, elle le voit comme un simple garçon, un garçon fort séduisant.

— Oui, je vois, dit-il en.contemplant le paysage autour de lui.

Il suit du regard la vallée jusqu'à l'horizon, comme elle l'a fait quelques minutes auparavant, puis il inspire profondément et se tourne vers elle en souriant.

— C'est magnifique, ici, dit-il.

— En effet, l'approuve Samantha.

Elle lui montre divers points d'intérêt, puis songe à lui demander pourquoi il est ici plutôt qu'en train de travailler.

— J'ai eu quelques heures de répit ce matin, à ma grande surprise. Une partie des plans tournés hier avec Nicole sont ratés et ils vont les reprendre avant de continuer. J'ai donc voulu te donner l'occasion de tenir ta promesse. Je suis allé chez toi et ta mère m'a dit que tu étais déjà partie.

— Eh bien! C'est certainement l'endroit idéal pour te montrer d'un seul coup toute une partie du ranch, dit Samantha. Et pas seulement le nôtre. Là-bas, c'est... le ranch des Curtis.

— Et qui sont les Curtis?

— Paul Curtis est mon ami.

— Il a de la chance, dit-il doucement avec une expression qui chavire le cœur de Sam.

— Peut-être, dit-elle.

Puis elle s'empresse de détourner la conversation et lui demande, en montrant sa joue:

— Est-ce qu'ils doivent camoufler ta blessure?

Même après plusieurs jours, la balafre est encore visible.

— Oui, un bon artiste maquilleur peut tout aussi bien dissimuler les cicatrices qu'en fabriquer. C'est toujours sensible, mais au moins mon œil est intact.

— La prochaine fois, je crois que tu devrais escalader la clôture plus doucement.

Elle a voulu faire une blague, mais Tim ne semble pas saisir son humour.

— Ce n'était pas ma faute! Elle s'est écroulée dès que je m'y suis appuyé.

Il se touche la joue, sans doute inconsciemment. Son merveilleux sourire a disparu.

— Elle devait être mal construite, dit Samantha.

— Ça n'aurait pas dû, dit-il sèchement en pinçant les lèvres. Les décors ne sont pas censés être aussi fragiles, surtout quand on doit grimper dessus.

Sam se rend compte qu'il est vexé, mais derrière son embarras se cache la même peur qu'elle a cru déceler après l'accident.

— Je sais bien que c'est la clôture qui est à blâmer, dit-elle, ce qui lui vaut un grand sourire reconnaissant. Le bois devait être pourri ou fissuré.

Brusquement, Tim se raidit sur son cheval.

— Regarde, murmure-t-il sans broncher. Qu'est-ce que c'est ?

Il fixe un point derrière elle, dans le canyon. Avec beaucoup de précautions, elle tourne la tête et regarde par-dessus son épaule. À une douzaine de mètres de la crête, un faucon vole en cercles, se laissant paresseusement porter par les courants thermiques. Elle dit tout bas :

— Tu n'as jamais vu de faucon ?

Il hoche légèrement la tête.

— Jamais comme celui-là. Et jamais de si près. Il est magnifique.

L'air émerveillé, il contemple l'oiseau qui disparaît soudain, fondant sur une proie invisible au fond de la vallée.

Tim soupire. L'incident a dissipé les dernières traces de tension qui subsistaient entre eux. Ils se remettent à longer la clôture, Sam en tête, tout en parlant de choses et d'autres. Tim a voyagé, mais il a passé presque toute sa vie à Beverly Hills et à New York. Quant à Samantha, elle n'est jamais sortie de l'Arizona, mais elle a parcouru l'État en tous sens. Elle a même descendu le Colorado l'été dernier et fait du rafting dans le Grand Canyon.

Curieuse, elle s'informe sur le grand cheval noir qu'il monte.

— Je ne l'ai jamais vu par ici. Il est superbe, dit-elle.

— Je te présente Vaurien, dit-il en riant devant son air incrédule. Oui, oui, c'est son nom. Il m'appartient, mais je n'ai jamais le temps de le monter. Alors même si on ne l'utilise pas pour le tournage, j'ai supposé qu'il serait heureux ici et je l'ai fait expédier.

Ils sont tellement occupés à bavarder que Sam a failli rater la brèche dans la clôture. Elle s'en approche et descend de cheval. De grosses branches, sans doute arrachées par le vent, se sont abattues sur l'un des pieux et l'ont fait tomber. Elle prend ses outils dans la sacoche de selle et se met au travail. Tim descend de cheval à son tour et regarde la clôture avec curiosité.

— Tu vas la réparer?

— Je vais juste la rafistoler, parce que je n'ai pas tout ce qu'il faut. Il va falloir un nouveau pieu, du nouveau fil de fer.

Elle sort les pinces et se met à retirer le barbelé de l'ancien pieu. En une quinzaine de minutes, ils réinstallent les deux sections de fil et le pieu est temporairement remplacé par un tronc de mesquite. Tim regarde sa montre et jure entre ses dents.

— Qu'est-ce qui se passe ? lui demande Sam.

Elle remonte à cheval et s'apprête à repartir en direction de la maison.

— Il est midi, dit Tim. Ryder était furieux ce matin à cause de l'erreur, je ne veux pas qu'il me tombe dessus parce que je suis en retard. Je suis censé être là dans quatre-vingt-dix minutes. J'ai bien peur qu'on ne puisse pas y arriver.

Le rappel des activités cinématographiques ramène Sam à la réalité. Elle avait presque oublié.

— Viens, lui dit-elle, on va faire le tour. D'ici, ça ira plus vite de traverser le ranch des Curtis pour aller reprendre la route qui mène à la maison.

Ils ne peuvent pas pousser les chevaux pour l'instant, le sol étant trop inégal. Mais une fois sur la route, ils rattraperont le temps perdu.

Au bout de quelques minutes, la clôture décrit un angle droit qui marque la fin du ranch Lizard-foot. Sam se penche pour ouvrir la barrière en tirant sur la boucle de fil de fer qui la retient, l'ouvre grand et fait signe à Tim de passer.

— Règle élémentaire dans un pays de bétail : toujours refermer la barrière, dit-elle en refermant soigneusement la barrière derrière elle.

Le chemin de terre serait trop étroit pour un véhicule à quatre roues motrices, mais les chevaux y galopent côte à côte. Il s'élargit à mesure qu'ils approchent des bâtiments du ranch des Curtis. Tim ne cesse de regarder sa montre, mais Samantha sait

qu'il a amplement le temps, car ils ne sont plus
qu'à quelques kilomètres de la maison.

Elle tourne sur une piste en terre battue qui con-
tourne les bâtiments du ranch. Quand ils atteignent
la route, ils voient approcher une vieille camionnette en provenance du ranch Lizardfoot.

— Sam !

Paul est au volant de la vieille Ford. Il se gare
presque devant la barrière, sort de la camionnette et
vient se planter à côté de la jument, les yeux levés
vers Sam. Elle le connaît assez pour savoir qu'il
fait des efforts pour rester calme. Elle avait bien
besoin de ça ! C'est déjà assez difficile de les
présenter l'un à l'autre, lui et Tim, sans qu'ils
soient tous les deux de mauvaise humeur.

Elle rage intérieurement en voyant la passagère
de la camionnette s'approcher. Jacquie est très
jolie, elle le sait et s'en réjouit un peu trop au goût
de Sam. Elle a le don de lui tomber sur les nerfs.

— Tim, je te présente Paul Curtis et Jacquie
McBride. Paul et Jacquie, voici Tim Rafferty.

— On vient du ranch. On te cherchait, dit Paul
en s'adressant à Sam. Ta mère a dit que tu étais
partie à cheval avec lui.

Se sentant visé, le « lui » en question fronce
imperceptiblement les sourcils.

— On n'est pas partis ensemble, rétorque-t-il
tranquillement. J'ai réussi à rattraper Sam seulement
quand elle s'est arrêtée en haut, près de la clôture.

La mine renfrognée de Paul s'accentue et il se

tourne vers Jacquie d'un air interrogateur. Sam, qui se demande ce que Jacquie a bien pu lui dire, s'empresse de lui expliquer :

— Je suis allée inspecter la clôture au pâturage de la crête Winter et j'ai découvert une brèche sous un enchevêtrement de mesquites, Paul. J'ai rafistolé tant bien que mal, mais il faudra réparer convenablement la clôture.

Jacquie ouvre grands les yeux et les regarde avec une innocence étudiée.

— J'ai dû mal comprendre ta mère, dit-elle à Sam. J'ai cru que vous étiez partis à cheval ensemble.

— Non, j'ai simplement suivi Samantha, dit Tim.

Et il ajoute avec un vague sourire :

— Elle vaut la peine qu'on la suive...

Paul, rouge comme un coq, rétorque d'un ton mordant :

— Je le sais. C'est pour ça qu'elle est mon amie.

Avant que Sam puisse réagir à son ton possessif, Jacquie s'adresse à Tim avec une expression qu'elle a sûrement pratiquée devant le miroir.

— Et toi, Tim, je suis surprise de ne voir personne à tes trousses. Ça doit être formidable d'être une vedette.

Elle ajoute avec un sourire encore plus accentué :

— Penses-tu que nous, les gens ordinaires, nous aurons la chance d'avoir un rôle dans le film ?

C'est bien la première fois que Jacquie se qualifie de personne ordinaire. Son père est le shérif du comté, un poste politique important dans le milieu rural de l'Arizona, et elle a toujours été considérée comme une vedette locale. Elle a surtout attiré l'attention dans les concours équestres. Depuis plusieurs années, Sam et elle se disputent la première place à la course autour des tonneaux.

Contrairement aux garçons de l'école locale, Tim semble insensible aux grands yeux marron et aux cheveux blonds de Jacquie. Il ne fait pas de cas de son air enjôleur et se contente de sourire aimablement.

— Il y a des scènes qui nécessiteront la présence de figurants, mais je ne sais pas si on engagera des gens d'ici ou non. C'est monsieur Ryder qui décide. Tu peux t'informer à son bureau.

Samantha remarque que c'est la première fois qu'il appelle le réalisateur monsieur Ryder. Il donne le numéro à Jacquie et regarde de nouveau sa montre.

— C'est malheureusement tout ce que je peux faire, dit-il. Maintenant, si vous voulez m'excuser, il faut que je rentre.

Il gratifie Jacquie d'un sourire professionnel et fait un signe de tête à Paul.

— On se reverra sûrement, dit-il.

— Ouais, rétorque Paul avec un manque flagrant d'enthousiasme.

Sans rien ajouter à l'intention de Sam, il regagne sa camionnette.

Sam pousse Brindille au petit galop, derrière Tim. Quand ils arrivent au ranch, il reste tout juste une quinzaine de minutes au jeune acteur pour se rendre sur le plateau.

— Vas-y, je m'occupe des chevaux, lui dit Sam en prenant les rênes des deux bêtes.

Le visage de Tim se détend.

— Merci. Je te revaudrai ça. Je crois même que j'aurai le temps de prendre une douche en vitesse, ajoute-t-il en riant après avoir reniflé son aisselle.

— Qu'est-ce qui va se passer si tu es en retard ? demande Sam, curieuse.

— Je suis trop en retard pour te l'expliquer, lance-t-il en riant.

Puis il se penche brusquement et lui donne un rapide baiser, si rapide qu'elle a à peine le temps de s'en apercevoir.

— Je te reverrai plus tard, promet-il.

Et il court en direction des roulottes. Sam le suit des yeux jusqu'à ce qu'il disparaisse. Tout son corps est parcouru d'un frisson et elle pense à ce que Nicole lui a dit: «Il porte malheur aux filles qui succombent à son charme.»

Chapitre 4

Dans les jours qui suivent, Samantha fait la connaissance d'autres membres de l'équipe. Il lui arrive souvent de prendre quelques minutes de répit pour regarder une scène ou bavarder avec un éclairagiste. L'un des acteurs, Mick O'Connell, lui rappelle beaucoup son frère aîné, qui est absent pour l'été. Mick est un bon ami de Tim. Ils ont souvent travaillé ensemble. Sa réserve de blagues et de calembours — tous plus mauvais les uns que les autres — est inépuisable. Très vite, Sam se sent comme sa jeune sœur. C'est le premier été que son frère passe loin de la maison et Mick comble un peu le vide que son absence a laissé.

Mais Mick ne rit pas quand il arrive en courant pendant le souper, une semaine après la rencontre de Sam avec Tim sur la crête Winter. Elle est en train de remplir les contenants de vinaigrette quand il lui demande, l'air sinistre:

— As-tu vu Gary Hansen, le second assistant-réalisateur?

— Pas depuis le dîner. Mais monsieur Ryder est là-bas, en train de bavarder avec ma tante Sylvie, dit Samantha en faisant un signe de tête en direction d'une table en retrait des autres.

L'assiette du réalisateur est vide, mais il ne semble pas pressé de partir. Mick se détend et un sourire éclaire son visage.

— On dirait qu'il s'attarde souvent à bavarder avec ta tante, ces derniers temps.

Elle acquiesce. Au début, John Ryder prétendait venir à la maison pour affaires, mais Sam a vite compris qu'il venait surtout pour sa tante Sylvie.

— Il vient à la maison tous les soirs après le souper.

— Eh bien!... j'ai horreur de jouer les trouble-fêtes, mais nous avons eu un petit accident.

Le sourire de Mick s'estompe à mesure qu'il parle.

— Quoi, encore un?

Au cours des derniers jours, plusieurs incidents fâcheux se sont produits autour du plateau. Certains ont été mineurs, comme une bobine de film vide, des lampes qui s'éteignent, un bruit soudain qui gâche une prise. Mais il y a aussi eu quelques petits accidents. Un appareil d'éclairage est tombé, heureusement sans blesser personne: le technicien qui s'apprêtait à le déplacer en a été quitte pour la peur. Un câble électrique oublié a fait trébucher le second assistant qui courait à droite et à gauche avec ses feuilles de service. Un autre câble est tombé pendant le tournage d'une scène, provoquant une pluie d'étincelles.

— Ouais, dit-il. Le chef accessoiriste est allé vérifier le grenier de la grange et l'échelle a cassé sous son poids. Il est tombé et s'est donné un tour de reins. Je commence à croire que le mauvais sort s'acharne sur ce film. Il faut que j'aille en parler à John.

Sam prend un air soucieux. Elle n'a pas envie que la malchance vienne gâcher le film.

— Hé! Qu'y a-t-il de si grave? demande une voix douce à côté d'elle.

Elle tourne vivement la tête et aperçoit Tim. Elle l'a vu plusieurs fois depuis leur randonnée à cheval, et chaque fois il a le même sourire chaleureux. Elle s'en veut d'être en attente de ce sourire..

— Mick vient tout juste de me parler des accidents, répond-elle.

C'est au tour de Tim de prendre un air sinistre.

— Oui, il y en a eu beaucoup trop. Jusqu'à présent ils ont été mineurs, mais quand même...

Il s'interrompt et Sam peut de nouveau lire la peur dans ses yeux, comme le jour où il est tombé de la clôture. Puis il secoue la tête et retrouve son sourire.

— Penses-tu que tu peux trouver quelques carottes pour Vaurien?

Le soir qui a suivi leur promenade sur la crête, Sam est allée à l'écurie et y a trouvé Tim en train de donner des carottes à Vaurien. Le lendemain soir, il est venu à la maison demander une pomme. Sam lui en a donné une, puis elle en a pris une pour Brindille et ils sont allés ensemble nourrir les chevaux.

Elle sort de la grande poche de son tablier quelques grosses carottes.

— Je reviens tout à l'heure, dit-il. Garde-les en attendant.

Ce soir-là, ils vont ensemble à l'écurie. Cela est en train de devenir une habitude. Sam se sent un peu coupable en pensant à Paul, mais il n'y a rien entre Tim et elle. Tout ce qu'ils font, c'est donner des friandises aux chevaux.

Le 4 juillet, fête nationale des Américains, approche. À Agua Verde, cet événement est synonyme de rodéo. Samantha est la championne en titre de la course autour des tonneaux. Mais à cause du tournage et du surcroît de travail, elle n'a guère eu le temps de s'entraîner. Le lendemain, elle se lève une heure plus tôt que d'habitude en se disant que si elle peut en faire autant tous les jours, elle pourra bien s'en tirer. Il sera toujours temps de rattraper le sommeil perdu après le rodéo.

Paul vient faire un tour dans l'après-midi. Elle s'attend à ce qu'il l'interroge à propos de Tim, mais il n'en fait rien. Heureusement, parce qu'elle ne saurait que répondre.

— Tu veux m'accompagner aux feux d'artifice ? lui demande-t-il d'un ton bourru.

Sa question est une allusion au fait que les choses ont changé entre eux. Il y a un mois à peine, ni l'un ni l'autre n'aurait jugé l'invitation nécessaire.

— Je veux bien.

Un silence tendu s'installe entre eux et Paul s'éclipse au bout d'un moment. Sam retourne à ses tâches en se demandant ce qu'elle ferait si Tim l'invitait lui aussi aux feux d'artifice.

Lorsqu'elle entre dans le bureau de la production pour refaire la provision de boissons gazeuses, elle aperçoit tout de suite Jacquie McBride perchée sur le bord d'un bureau. Mick est en train de lui expliquer quelque chose comme s'il lui révélait les énigmes de l'univers. En voyant arriver Samantha, Jacquie perd son sourire d'élève ébahie.

— Sam! l'accueille Mick avec chaleur. Viens. J'étais justement en train d'expliquer à Jacquie comment on décide de l'ordre des scènes à filmer.

Il montre le drôle de tableau derrière lui. De toute évidence, l'enthousiasme débordant de Mick l'entraîne bien au-delà de l'essentiel.

— Les points bleus sur ces bandes indiquent qu'il y a des chevaux dans la scène et donc qu'ils doivent être prêts et sellés. Les chiffres représentent les acteurs. Partout où il y a un quatre, je suis dans le plan. Et...

John Ryder ne leur a pas donné autant de détails quand il leur a expliqué la même chose il y a quelques jours, à sa tante Sylvie et à elle.

— Excuse-moi, Mick, l'interrompt-elle. Jacquie, as-tu parlé à Mick du travail de figuration que Tim t'a mentionné l'autre jour?

— Mick m'assure que je serai dans le film, répond-elle avec une pointe de suffisance.

— Oui, confirme-t-il. Mais je t'ai dit, Jacquie, qu'il y aura probablement beaucoup de gens. Dans les scènes de rodéo, il faut des figurants pour jouer le rôle des habitants de la ville venus voir le spectacle.

— Comme Agua Verde est une ville, on ne devrait pas avoir de difficulté à y trouver des gens qui jouent leur propre rôle, dit Samantha en souriant à Mick.

— Mais certains feront seulement partie du décor, alors que d'autres seront de vrais figurants, précise Jacquie.

Inutile de dire de quel groupe elle pense faire partie. Jacquie a une taille superbe et elle porte aujourd'hui un jean qui a l'air d'une seconde peau. L'expression admirative de Mick confirme qu'il pense comme elle. Quand même, il tient à la prévenir:

— Jacquie, si ce n'était que de moi, j'écrirais un rôle rien que pour toi, mais je ne suis pas le réalisateur.

— S'il s'agit de scènes de rodéo, dit Samantha, il faudrait inviter Paul et Walter Evans et Mindy Collins... non, elle a toujours la jambe dans le plâtre.

— Il faut juste s'asseoir dans les gradins, précise Mick. Ton amie Mindy peut venir, même avec son plâtre. Personne n'aura à jouer ni à monter à cheval.

— Oh! Je vois, dit-elle. Quand même, je suis sûre que plein de gens voudront être dans le film. Hé! S'il s'agit d'un rodéo, peut-être que tu aimerais venir assister à un vrai?

Jacquie prend Mick par le bras pendant qu'il explique à Sam:

— Jacquie m'a déjà invité et j'en ai parlé aux autres. On y sera. J'ai promis à Jacquie d'aller l'encourager.

Sam se demande si Mick est au courant qu'elle sera en compétition contre Jacquie. Sûrement pas. De toute façon, il ira voir Jacquie.

Quand arrive enfin le 4 juillet, Tim apprécie l'arrêt de travail. La longue fin de semaine de trois jours est son premier vrai congé depuis le début du tournage. Il doit cependant se soumettre à quelques activités de relations publiques. La chambre de commerce d'Agua Verde lui a demandé de prendre place avec Nicole dans une voiture décapotable ornée de drapeaux, et une équipe de la station de télévision de Tucson viendra filmer cet ajout au défilé habituel.

Comme la voiture ferme le défilé, il a le temps de voir tout ce qui précède. C'est un défilé typique des petites villes rurales, du genre qu'il croyait depuis longtemps révolu. La fanfare de l'école secondaire joue des airs patriotiques. Les élus municipaux, dont le père de Jacquie, le shérif McBride, défilent en distribuant à qui mieux mieux des sourires et des saluts. Viennent ensuite des groupes confessionnels et des scouts, des bogheis et des chariots illustrant l'époque des pionniers, puis des chars allégoriques allant de la simple remorque agricole décorée de papier crêpé rouge, blanc, bleu au char complexe représentant la signature de la Déclaration d'indépendance.

Tim fait un signe de la main à Samantha lorsqu'elle prend sa place dans le défilé. Elle a tressé des rubans rouges dans la crinière et la queue de Brindille et elle porte un costume de rodéo bleu et blanc. Elle lui fait signe à son tour et cherche des yeux son ancien petit ami. D'une certaine façon, Tim est désolé pour Paul, qui a l'air d'un bon gars, mais Sam est trop spéciale pour qu'il ne s'intéresse pas à elle.

Il se dit que cette fois ce sera différent. Il fronce un peu les sourcils en pensant à la lettre, qui continue de l'inquiéter. Personne n'a été blessé dans les accidents qui se sont produits dernièrement, mais il se demande combien de temps la chance durera. Et cette lettre...

Il la chasse de ses pensées au moment où la décapotable se met en marche. Plus tard, il ira trouver Sam. Peut-être qu'il pourra l'inviter aux feux d'artifice. Et peut-être que les feux d'artifice ne seront pas tous dans le ciel. Il sourit et salue de la main la foule massée le long du parcours, pendant que ses pensées suivent leur propre cours.

Après le défilé, Sam et Paul se rendent au parc municipal, où les odeurs de barbecue ont attiré la moitié des chiens de la ville, qui tentent par tous les moyens de participer à la fête.

Sam hume avec délice son assiette de barbecue et d'épis de maïs.

— Ça sent bon. Et surtout, je n'ai rien eu à préparer.

— Tu en as assez de cuisiner ? Je croyais que ta mère faisait le gros de la cuisine pour l'équipe de tournage.

— Ma tante Sylvie et elle font presque tout, mais j'ai quand même assez cuisiné cet été pour toutes les années à venir. Rappelle-moi à l'ordre si jamais l'envie me prend de devenir chef !

Après le repas, ils se promènent dans le parc. Comme chaque année, Samantha apprécie la fête nationale à Agua Verde. Mais cette fois-ci il y a un peu de tension dans l'air, et pas uniquement à cause de la compétition à laquelle elle doit participer pendant le rodéo.

Jacquie est dans la file d'attente pour le barbecue avec Mick. Hélène joue à la balle avec quelques-uns des cascadeurs de la seconde équipe. Nicole est assise sur une balançoire, entourée d'à peu près la moitié des hommes célibataires de moins de trente ans qui se trouvent dans le parc. La nervosité de Sam est à son comble lorsque Paul et elle s'arrêtent près du jeu de fers et tombent sur Tim.

Il est suivi par une horde d'enfants et de jeunes filles de l'âge de Sam. Il parvient à ne pas s'en occuper sans être impoli, attitude d'autodéfense propre à quelqu'un qui a l'habitude de vivre sous le regard du public. Il a pour elle le même sourire que d'habitude.

— Je me demandais où tu étais, dit-il.

— Oh! On se promenait, répond Sam d'une voix qui se veut assurée.

Elle se sent complètement idiote et essaie de ne pas en avoir l'air. Après tout, Paul est son amoureux et Tim n'est qu'un bon ami. Elle n'a pas l'habitude de susciter autant d'attention et elle n'est certes pas habituée à la façon de réagir de Paul, qui s'est rembruni dès que Tim est apparu.

— On se croirait dans un livre d'histoire ou dans une émission à caractère patriotique comme celles qu'on produit pour le 4 juillet.

Tim parle sur le ton de la conversation et s'adresse aux deux, sans avoir remarqué la réaction de Paul.

— C'est vraiment une fête communautaire. On célèbre aussi, à Beverly Hills, mais c'est différent.

Il jette un regard circulaire sur le parc où sont rassemblées plusieurs centaines de personnes venues de la ville et des ranchs environnants.

— C'est compréhensible, fait remarquer Samantha avec logique. Ici, il y a déjà trop de monde, tandis que chez toi il y a, quoi, un million de personnes? Si tu crois que c'est calme en ce moment, attends de voir cet après-midi. Le rodéo attire encore plus de monde que le barbecue et ce soir, pratiquement tous les gens qui habitent à une centaine de kilomètres à la ronde viendront assister aux feux d'artifice.

— J'ai hâte de voir ça, dit Tim.

Il leur sourit à tous les deux, mais son sourire est particulier pour Samantha. Une fois de plus, elle se sent chavirée.

— On fait mieux d'y aller, l'interrompt Paul d'un air maussade. Il faut que je me prépare pour le rodéo.

— Bien sûr, dit Tim. Je vous verrai là-bas.

Puis il leur tourne le dos et se perd dans la foule. Sam est un peu embarrassée par son attitude flirt. Il ne s'est pas aussitôt éclipsé que Paul l'attrape par le bras et l'attire en face de lui.

— Qu'est-ce qui se passe entre vous deux, Sammie? lui demande-t-il en lui serrant le poignet. Je croyais qu'on sortait ensemble.

— Paul, tu me fais mal, lance-t-elle en se dégageant, furieuse. Il n'y a rien entre Tim et moi. On est des amis, c'est tout.

Paul la dévisage. Elle ne l'a jamais vu aussi enragé ni aussi glacial.

— Eh bien! Ce n'est pas mon ami à moi et il a beau être une vedette, il fait mieux de faire attention à lui.

Chapitre 5

En arrivant sur les lieux du rodéo, Sam reconnaît des gens de la production *Vent d'Ouest*, dont John Ryder, qui accompagne sa tante Sylvie, mais elle ne voit pas Tim. L'annonceur souhaite la bienvenue aux membres de l'équipe de tournage et les invite à se lever pour permettre à la foule de les applaudir. Ils ne sont pas tous dans les gradins. Un peu plus tôt, Sam a aperçu Mick près des corrals avec Jacquie. Nicole est au bras de Dave. Peut-être fait-elle des progrès de ce côté-là. Sam a appris à la connaître un peu mieux et elle a vite compris qu'il y a des moments où il vaut mieux ne pas s'approcher d'elle. Peut-être est-ce propre au tempérament artistique, à propos duquel Sam a lu un article, mais Nicole est parfois d'humeur massacrante, tandis qu'à d'autres moments elle est toujours prête à rigoler. Sam l'aime bien malgré tout, sans être sûre de jamais arriver à la connaître vraiment.

Tim arrive juste au début de la course autour des tonneaux. Sam est à l'extérieur de la clôture avec les autres concurrentes et parle à Brindille, tant pour calmer la jument que pour se calmer elle-même. L'espace d'un instant, elle se demande s'il a fait exprès de venir la voir ici, puisque c'est pratiquement la première fois de la journée qu'elle n'est pas avec Paul. Et étant donné l'attitude de ce dernier, elle se demande comment il réagirait s'il la surprenait en compagnie de Tim. Mais elle oublie vite ses frustrations en voyant ce que Tim tient à la main. Bien que tous les magasins soient fermés pour la fête du 4 juillet, il a réussi à trouver un bouquet de marguerites. C'est un tout petit bouquet, mais il le lui offre avec autant de panache que s'il s'agissait d'une douzaine de roses.

— Pour la chance, dit-il avec un sourire.

On entend des hourras dans la foule à l'annonce des 18,8 secondes de la première concurrente, un résultat très respectable.

Sam bégaie un merci maladroit et, voyant que Mick et Jacquie les observent, elle est très embarrassée et se sent rougir. Elle a l'impression que Jacquie la regarde comme si elle souhaitait voir sortir une abeille du bouquet de fleurs.

— Je croyais qu'on offrait des fleurs seulement à la gagnante, dit-elle.

C'est la première fois qu'elle reçoit des fleurs avant une compétition.

— C'est ce que je fais, dit-il en lui souriant.

Puis commence l'interminable attente du signal des juges, après lequel la monture de Jacquie part en trombe. Ce n'est pas le magnifique palomino qu'elle montait pendant le défilé, mais un pinto qui court comme un bolide. Au moment où ils passent devant l'œil électronique qui fait démarrer l'horloge, il a déjà atteint sa vitesse maximale. Ils contournent facilement le premier tonneau, mais prennent le deuxième un peu trop large.

— Ça va lui coûter des points, marmonne Samantha.

La vitesse du cheval entre les tonneaux l'aide à rattraper le temps perdu. Jacquie l'amène si près du troisième que Sam est sûre qu'il va le renverser. Puis Jacquie fouette la croupe du cheval avec les rênes et il fonce vers la ligne d'arrivée. Après une pause, les juges annoncent le résultat: 17 secondes 87.

— Il va falloir battre ça, dit Sam pendant que Jacquie sort sous les bravos et les applaudissements.

Rouge de plaisir et toute souriante, Jacquie descend de cheval et tombe dans les bras de Mick. Il y a deux autres cavalières avant Samantha, mais il n'y a pas de doute sur celle qu'elle doit battre. C'est le meilleur résultat que Jacquie ait jamais atteint.

Ils regardent les deux autres concurrentes, puis vient le tour de Sam. Elle s'apprête à monter, mais Tim l'arrête.

— Les fleurs, c'était pour la gagnante, dit-il. Ça, c'est pour la chance.

Faisant fi de la foule qui les entoure, il la prend

dans ses bras et l'embrasse. Pendant un instant, Samantha oublie tout du rodéo, de la course autour des tonneaux et de la foule. Mais un instant seulement. Elle repousse ce souvenir tout au fond de sa mémoire et, tendant le bouquet de marguerites à Tim, saute en selle. Brindille trépigne d'impatience, exécutant presque des pas de danse sous sa cavalière. Sam aura tout le temps de penser à ce baiser, mais pour l'instant elle a autre chose à faire. Oubliant les gradins, la foule et tout ce qui peut la distraire, elle attend le signal, concentrée sur les trois tonneaux aux couleurs vives disposés en triangle devant elle.

— Vas-y! crie-t-elle en éperonnant Brindille, qui bondit en avant et fonce vers le premier tonneau.

Sam dirige si adroitement sa jument qu'elle semble s'enrouler autour du tonneau. Une fois le tour exécuté, elle éperonne de nouveau Brindille. La cavalière et sa monture sont rapides, mais en ligne droite, Jacquie est plus rapide encore. Mais Brindille peut pratiquement tourner sur un seul sabot, avec autant de grâce et le pas aussi assuré qu'une danseuse. Après avoir rasé le tonneau de droite, elles attaquent le troisième et dernier. Elles ont l'avantage en contournant les tonneaux, mais risquent de perdre du terrain en parcourant la distance qui les sépare.

Elles contournent le dernier tonneau et Sam fouette Brindille avec les rênes. La jument joue le tout pour le tout et galope ventre à terre jusqu'à la ligne d'arrivée. Sam la ramène ensuite au pas et attend son résultat. Finalement, le haut-parleur annonce :

— La concurrente numéro 38, Samantha Phillips, 17 secondes 53 !

Les hurlements de la foule déferlent sur Samantha comme une vague informe. Elle réprime un éclat de rire, consciente qu'elle a les joues inondées de sueur et de larmes. Elle sourit comme une petite fille. Il reste trois concurrentes, mais il y a peu de chances qu'elles réussissent à faire mieux. Elle met pied à terre, les jambes flageolantes, et s'empresse de caresser Brindille. Tim s'approche à ce moment-là et avant même qu'elle puisse se rendre compte de ce qui se passe, elle se retrouve dans ses bras en train de virevolter.

Le tumulte environnant se tait soudain. Elle flotte sur un îlot paisible au milieu d'une mer déferlante. Mais elle reprend vite ses esprits en voyant Paul se frayer un chemin jusqu'à elle. Elle ne veut pas que son moment de gloire soit gâché par la scène qu'elle appréhende.

Mais cette scène n'a pas lieu. Paul la serre simplement contre lui et lui dit :

— C'était excellent. J'ai cru que tu allais renverser le dernier. Je l'ai vu frémir.

— C'est vrai ? Je n'ai rien vu.

Sa voix tremble et ses genoux, encore plus.

Paul sourit et flatte l'encolure dégoulinante de sueur de Brindille. Son sourire s'estompe lorsqu'il aperçoit Tim. Il caresse de nouveau le cheval et s'en va.

Pendant que la prochaine épreuve commence, Sam ramène Brindille au fourgon à chevaux de son père. Arrivée là, elle trouve Paul appuyé contre le véhicule.

— Des gens me demandent si j'ai toujours une petite amie, dit-il en jouant avec la bride de Brindille sans lever la tête vers Samantha. J'ai répondu que je n'en étais pas sûr.

Elle ne répond pas tout de suite. Elle ne s'est pas disputée avec lui, et Tim ne lui a rien dit de particulier. Mais elle songe à la façon dont Tim la regarde, elle songe à leurs promenades jusqu'à l'écurie, le soir, main dans la main. Elle se rappelle son baiser, juste avant qu'elle entre dans l'arène. Paul a toujours fait partie de sa vie, alors que Tim lui apporte du nouveau. Pour l'instant, elle ne sait pas très bien qui des deux elle préfère.

— Bien... je suis là, non? finit-elle par dire.

C'est une dérobade et ils le savent tous les deux, mais Paul ne dit rien. Ils retournent dans les gradins avec leurs amis pour regarder le reste du spectacle avant la monte de chevaux sauvages à laquelle participe Paul. Sam se retrouve parmi des jeunes qu'elle connaît depuis toujours, ses amis, son monde. Mindy a posé sa jambe plâtrée sur le dossier du siège devant elle. Mike Trujillo, qui est un an derrière eux à l'école, exaspère tout le monde avec ses commentaires sur tout ce qui se déroule. Quant à Walter Evans, il ne quitte pas l'arène des yeux. C'est un mordu de rodéo comme pas un. Il envisage d'y faire carrière dès qu'il aura terminé ses études. Il y a aussi de nouveaux visages cet été. Jacquie est assise avec Mick, Nicole et Dave arrivent en compagnie de Rick Moore et de quelques cascadeurs. Larry Cabot discute avec Tim, qui sourit à Samantha.

Au début, tout ce beau monde s'amuse. On fait des commentaires sur les cow-boys de Hollywood et des plaisanteries sur le tournage de séquences de rodéo. Mick invite tout le monde à s'inscrire pour faire de la figuration. Hélène s'informe auprès de Mindy sur la chute qui lui a brisé la jambe, tandis que Dave explique à des garçons du coin la différence entre la cascade à cheval et le rodéo.

Peu à peu, une certaine atmosphère s'installe, qui met Sam mal à l'aise. Insidieusement, les blagues sur les faux dangers qui guettent les faux cow-boys commencent à devenir méchantes. Paul mène le jeu et asticote Tim, se moquant du fait qu'il ait à se faire doubler par Dave. Tim, qui est excellent cavalier, est piqué au vif.

— Je ferais moi-même les cascades si on me le permettait, lance-t-il après une remarque particulièrement désobligeante. Mais si je les faisais, les producteurs ne pourraient pas obtenir d'assurance.

— De l'assurance ? le nargue Paul sur un ton dédaigneux.

— Eh! Ça arrive à tout le monde d'avoir un accident, intervient Mindy en soulevant de quelques centimètres sa jambe plâtrée.

Comme personne ne met en doute ses talents de cavalière, on change de sujet de conversation. Mais pas pour longtemps. Bientôt, les insinuations reprennent de plus belle.

L'épreuve de monte de chevaux sauvages à laquelle participe Paul arrive enfin. Plusieurs garçons y participent aussi et ils partent en groupe. Dave, qui a déjà fait du rodéo, les suit avec d'autres cascadeurs pour aller observer le jeu depuis les enclos de départ. En passant, Paul laisse tomber à Tim:

— Tu peux rester ici et regarder le spectacle avec les dames!

Sam bout de colère tellement elle trouve cette remarque macho, une attitude assez généralisée dans le milieu du rodéo. Tim et Mick se lèvent pour suivre les autres et elle se demande à qui elle en veut le plus: à Paul de jouer les machos ou à Tim de réagir à la provocation.

Elle reste assise dans les gradins pendant la performance du premier concurrent, qui tombe de cheval aussitôt entré dans l'arène. Les commentaires de l'annonceur sur la hauteur que le cavalier a atteinte avant sa chute sont appréciés de la foule. Pendant que la voix traînante continue de retentir pour meubler le temps jusqu'à l'arrivée du prochain concurrent, Samantha décide d'aller elle aussi près des enclos. Quand elle passe devant Jacquie pour se rendre à l'allée, celle-ci lui demande :

— Où vas-tu, Sam ?

Spontanément, Sam décide qu'il vaudrait mieux y aller à deux.

— Je vais aux enclos. Tu viens avec moi ?

— Mick est allé de ce côté-là, non ?

Sans attendre de réponse, elle se lève.

— Oui, j'y vais, dit-elle.

— Tu t'intéresses de plus en plus à Mick, n'est-ce pas ? lui demande Samantha pendant qu'elles contournent les estrades.

— Peut-être, mais ça ne te regarde pas.

Après un silence, Jacquie ajoute sur un ton moins agressif :

— Je pensais que les acteurs étaient insipides, faux et égocentriques, mais ce n'est pas le cas de Mick.

— Je sais, dit Samantha. Tim n'est pas comme ça non plus.

Elles arrivent aux enclos en même temps que le signal de départ est donné et que la barrière s'ouvre. Elles grimpent sur la clôture, où sont déjà perchés la plupart des garçons, et applaudissent quand le cheval de Paul, un puissant étalon gris, jaillit dans l'arène. Il lance d'innombrables ruades, mais sans écarts latéraux violents comme certains chevaux, et Paul tient en selle plus que le temps réglementaire, la main gauche levée bien haut pendant toute l'épreuve. Quand la sonnerie retentit, il effectue sans heurts le transfert sur la monture du cavalier venu le quérir et revient vers les enclos sous un tonnerre d'applaudissements. Son regard s'allume lorsqu'il aperçoit Samantha et il se laisse tomber à côté d'elle pour recevoir un rapide baiser.

— Paul, c'était...

Elle s'interrompt, soudain glacée. Walter est censé succéder à Paul dans l'arène, mais sur son cheval, c'est un Tim au visage souriant qu'elle aperçoit, en train d'enrouler les rênes autour de sa main droite.

— Tim, tu ne peux pas faire ça! s'exclame-t-elle en grimpant sur le côté de l'enclos.

— Je ne resterai pas longtemps en selle, je le sais, mais au moins ça fera taire certaines personnes, dit-il en guise d'explication.

Le cheval s'agite sous lui, son arrière-train se déplaçant de gauche à droite avec impatience. Tim a le regard buté, bien résolu à faire ce qu'il s'apprête à faire malgré la peur qu'il éprouve.

« Il a raison d'avoir peur, se dit-elle. Il n'a jamais monté un cheval sauvage et il risque de se tuer. »

— Juste une petite chevauchée, Sam, dit-il avec entêtement. Ça fera une excellente publicité.

— Pas question! lance une voix cassante et empreinte de colère. Qu'une vedette se casse le cou, ce n'est pas le genre de publicité que je veux pour mes films. Je t'avertis, Tim. Si tu montes ce cheval, tu vas passer plus de temps en cour que devant une caméra. Tu as signé un contrat, ne l'oublie pas.

John Ryder, le regard glacial, dévisage la vedette de son film.

Sam se sent tirée par la manche. Surprise, elle se tourne et aperçoit sa tante Sylvie. Elle saute à bas du barreau inférieur de la clôture.

— Que se passe-t-il, Sammie ? lui demande tout bas sa tante, qui a l'air aussi furieuse que John. Quelle sottise s'apprête-t-il à faire ?

— Paul l'a poussé à bout.

Les yeux verts de Sylvie rencontrent ceux de sa nièce.

— Ils jouent au macho à tes dépens, c'est ça ?

Derrière elles, Tim hurle à la tête de John, qui en retour lui répond à voix basse.

— C'est comme ça que tout a commencé, répond Samantha. Je me sens comme la princesse d'un conte de fées pour qui deux chevaliers se battent. Je me demande pourquoi on ne dit jamais, dans les histoires, que la princesse a envie de les assommer tous les deux.

— Peut-être que la princesse n'est pas aussi sensée que toi, rétorque sa tante en riant. Tiens, on dirait après tout que Tim a un peu de plomb dans la tête.

Tim n'est plus en selle. Il est juché sur le côté de l'enclos. Walter grimpe et passe la jambe par-dessus le cheval, puis s'installe sur la selle. Tim, le visage rouge, se laisse tomber à côté de Samantha et de sa tante Sylvie. Celle-ci parle la première.

— Comment as-tu réussi à convaincre Walter de te laisser monter à sa place ?

— Je ne m'en souviens pas. Quelqu'un a fait la suggestion et il m'a offert de me laisser monter son bronco. Et j'aurais pu, si Ryder n'était pas si ...

— Du calme. Du calme, lui dit Sylvie d'un air amusé. Il a seulement fait son travail et tu le sais très bien, Tim. Viens, on va regarder Walter s'exécuter.

Samantha est trop furieuse contre Tim et Paul pour leur adresser la parole.

La voix dans le haut-parleur annonce Walter et donne le signal du départ. La barrière s'ouvre et le cheval jaillit dans l'arène. Aussitôt, Walter se trouve en difficulté. La selle glisse brutalement dès que la bête bondit loin de la barrière. Walter, incapable de rester sur sa monture, tente de se dégager.

On entend, dominant le bruit de la foule, un craquement épouvantable quand il est projeté contre la clôture tête première. Tout le groupe qui se tenait près de l'enclos se précipite auprès du corps inanimé de Walter. Un silence s'installe soudain dans les gradins. Un seul cri se fait entendre lorsque John Ryder, livide, se relève et annonce :

— Il est mort.

Chapitre 6

L'accident met abruptement fin au rodéo et les amis se serrent les uns contre les autres. Dave, la face blême, entoure Hélène de son bras. Nicole n'est en vue nulle part. Jacquie a le visage enfoui dans la poitrine de Mick. Sam se tient près d'eux, abasourdie. Le shérif McBride arrive bientôt en hâte. Il entraîne doucement Jacquie à l'écart et la questionne à voix basse.

Mick passe son bras autour des épaules de Sam. C'est bien la première fois que ses yeux bleus ne sont pas rieurs.

— Qu'est-ce qui a bien pu se passer ? demande-t-il en regardant le corps inerte de Walter.

Sam éponge ses joues ruisselantes de larmes et fait un effort pour maîtriser sa voix.

— C'est un accident. Walter était trop bon cavalier...

— Bon cavalier ou pas, la selle n'aurait jamais dû glisser.

Le docteur Fries arrive et tout le monde

l'observe en silence pendant qu'il examine Walter. Finalement, il secoue la tête et se redresse, puis fait signe au shérif McBride.

— Il nous a quittés, Pete. Veux-tu communiquer par radio avec l'hôpital pour demander qu'on envoie une ambulance? Pas de sirène.

Les derniers mots tombent comme une douche froide sur le groupe. La sirène n'est plus nécessaire. Walter n'a malheureusement plus besoin d'aide.

Samantha sent qu'on lui touche le coude et elle se retourne. Tim la regarde, le visage gris sous son bronzage. Il était resté à l'écart, tout seul.

— Je suis passé à un cheveu de monter ce cheval, dit-il d'une voix chevrotante.

Le lendemain matin, après le déjeuner, Samantha va prendre l'air sur la véranda. Elle a besoin de rester seule quelques instants pour faire le point sur ce qui s'est passé après l'accident. Quand Tim a quitté le rodéo, elle s'est retrouvée au milieu d'un groupe de parents et d'amis, dont Paul. Tout le monde était en état de choc. Malgré tout, les hypothèses et les rumeurs à propos de l'accident de Walter ont commencé à circuler. Elle se remémore la conversation.

— J'ai déjà entendu parler d'accidents insolites, a dit Mick, mais pour moi, c'étaient des histoires. Il n'est jamais rien arrivé de semblable à quelqu'un de ma connaissance.

Elle, Sam, a rétorqué en regardant Paul droit dans les yeux :

— Je ne pense pas que ce soit un accident. C'est Tim qui était censé monter le cheval.

— Tu penses que quelqu'un en veut à Tim ? a demandé Mick.

— Je ne sais pas. Mais il me semble qu'il est arrivé trop de choses pour croire à des coïncidences. Si tante Sylvie n'avait pas arrêté Tim, il serait...

— Mort, l'a interrompue Paul. Et Walter serait toujours en vie.

Elle n'en revient pas que Paul ait dit une chose pareille. Mais il n'arrête pas de la surprendre depuis quelque temps. Elle espère que ce n'est rien d'autre que de la jalousie, mais, en son for intérieur, elle ne peut pas s'empêcher de penser que Paul n'est peut-être pas entièrement étranger à la mort de Walter.

Le tournage reprend le lundi matin au milieu des murmures et des grognements sur le mauvais sort. John a modifié l'horaire pour permettre à ceux qui le voulaient d'assister aux funérailles.

Samantha continue de se poser beaucoup de questions sur la mort de Walter, surtout à propos de la sangle. La boucle était brisée et, même si rien n'y paraissait, elle ne pouvait pas tenir. Normalement, la personne qui a sellé le cheval aurait dû la vérifier. Pour l'instant, personne n'a avoué sa culpabilité. N'importe qui a pu serrer la sangle en hâte sans la vérifier. Ce pourrait même être Walter. On ne le saura sans doute jamais.

Le jour des funérailles, le temps est sec et venteux, et il y a assez de poussière dans l'air pour irriter les yeux. Pour bien des hommes qui n'aiment pas qu'on les voie pleurer, c'est une chance. Les gens d'Agua Verde sont évidemment venus nombreux saluer le départ du jeune homme, emporté si soudainement et de façon si tragique. Les gens du cinéma sont assis ensemble, formant un petit groupe un peu à l'écart. Nicole n'est pas venue. Elle a confié à Sam que les funérailles la dépriment tellement qu'elles la rendent incapable de travailler pendant des semaines.

Mais John, Tim et Mick sont présents, ainsi que tous les cavaliers de voltige. Dave aussi est là, bien que Nicole ait dit à Sam qu'il s'était refermé sur lui-même après l'accident. La voltige et le rodéo sont toujours dangereux et Sam comprend que Dave n'ait pas envie de se le faire rappeler de si vilaine façon. D'après Nicole, des membres de l'équipe commencent à croire que le film porte malheur. Elle prétend qu'elle n'est pas superstitieuse, mais elle paraissait si nerveuse en le disant que Sam ne l'a pas crue. Elle aussi se demande s'il n'y a pas un mauvais sort attaché à ce film. Elle en fait la remarque à John lorsqu'il vient faire une visite dans la soirée, après les funérailles. Il se met à rire.

— Sam, les gens du cinéma sont les gens les

plus superstitieux du monde. Parce qu'il y a eu quelques accidents, ils ont peur. Mais l'accident de Walter n'a rien à voir avec le film.

Samantha n'est pas convaincue et elle n'est pas certaine que John lui-même le soit. Il se garde bien de faire allusion au fait que Tim s'apprêtait à monter le cheval de Walter.

Le tournage reprend aussitôt après les funérailles. La scène qu'on tourne rappelle à tout le monde le funeste rodéo du 4 juillet. Jeb, le personnage de Tim, et son meilleur ami, Lenny, interprété par Mick, sont en compétition dans le plus gros rodéo de l'année. La rivalité qui a empoisonné leur amitié atteint son paroxysme dans cette scène. Une fois que la comparaison est établie entre le rodéo du film et le vrai, elle est difficile à oublier.

Deux jours après les funérailles, John invite Samantha, son père et sa tante Sylvie à assister au tournage de quelques séquences. Sa mère a décliné l'invitation, disant en riant qu'elle préférait profiter de ses rares moments libres pour se reposer, les jambes allongées. Ils vont donc à l'arène après le dîner. Sam a assisté plusieurs fois au tournage, mais son père, jamais.

La première scène illustre une discussion entre Jeb et Lenny. C'est la première fois que Sam voit Tim depuis le 4 juillet, abstraction faite des funérailles. Il ne vient plus rendre visite à Vaurien le soir et elle s'est demandé pourquoi, mais d'une certaine façon, ça l'arrange. Elle a besoin de temps pour comprendre ce qu'elle éprouve pour lui.

Tim et Mick se préparent à tourner la séquence. Ils prennent place et attendent dans une parfaite immobilité. Larry Cabot ordonne :

— Silence, s'il vous plaît.

Plusieurs personnes après lui réclament le silence sur le plateau. Tout le monde se tait et cesse de bouger.

— Moteur, s'il vous plaît, demande John.

— Moteur ! lance une voix en écho.

— Identification ! crie Larry.

Aussitôt, un homme s'approche avec la claquette, deux planchettes réunies par une charnière et fixées à une ardoise, comme Sam en a déjà vu dans les documentaires de tournage. Il la tient devant la caméra et la fait claquer. Le bruit sec permettra de synchroniser l'image et le son de la séquence. Finalement, John lance :

— Action !

— Tu crois vraiment pouvoir me battre, Jeb ? lance Mick avec l'expression de quelqu'un qui est sur le point de perdre les pédales.

Tim, les dents serrées, tourne les talons et s'éloigne. Posée sur une petite plate-forme à roulettes poussée en silence par plusieurs hommes, la caméra le suit.

— Merde ! Vas-tu me répondre ! crie Mick.

Tim pivote sur lui-même et réplique :

— Avant la fin du rodéo, tu vas regretter tes paroles.

Le dialogue se poursuit pendant que des machinistes de plateau déplacent de grands panneaux réfléchissants en direction des acteurs afin de les éclairer.

Au bout d'un moment, John crie :

— Coupez !

On ramène le chariot de caméra pendant que Tim et Mick reprennent leur place. Jack Phillips demande à sa fille :

— Qu'est-ce qui se passe, maintenant ?

— Ils reprennent la scène, répond Samantha.

— Silence, s'il vous plaît... Silence ! Moteur... Ça tourne ! Claquette ! Action !

Puis Mick recommence :

— Tu crois vraiment...

Et on filme la même scène encore et encore.

À la cinquième reprise, Jack Phillips demande avec un regard terne :

— Pourquoi diable répètent-ils toujours la même chose ?

— Ils font toujours ça, répond Sam en haussant les épaules. La première fois que j'ai assisté au tournage, j'ai compris que le métier d'acteur était d'un ennui mortel.

Quand John annonce enfin une pause, Tim va lui dire quelques mots, puis traverse l'arène et se dirige vers les enclos. Il aperçoit Samantha et lui fait signe de venir le rejoindre. Elle marmonne quelques mots d'excuse à son père et va vers Tim.

Un veau attend dans l'un des enclos qu'on

vienne le libérer pour tourner la séquence de la capture au lasso. Dans l'autre section de l'enclos double, un cheval sellé attend lui aussi. Il sera vraisemblablement monté par Tim dans la même séquence. C'est l'un des chevaux entraînés pour le rodéo qu'on a fait venir de Tucson.

— Tu m'as manqué, dit Tim en lui souriant.

— Euh... je suppose qu'on a été très occupés tous les deux.

— Qu'est-ce qui t'a tenue si occupée?

— Je voulais simplement réfléchir à certaines choses, dit-elle d'un air triste. La mort de Walter... C'est la première fois qu'un de mes amis meurt. Je le connaissais depuis toujours.

— Moi, ça m'est déjà arrivé, dit Tim, le visage blême.

Samantha a la gorge serrée en se rappelant qu'il a perdu ses parents dans l'écrasement d'un avion il y a quelques années.

— On ne s'y habitue jamais, mais on apprend à survivre, ajoute-t-il.

— Excuse-moi, Tim, dit Sam d'une voix hésitante, craignant de rouvrir ses blessures. On m'a dit à propos... à propos de l'écrasement. Je suis désolée.

Tim passe la main entre les barreaux et flatte la tête du veau comme s'il s'agissait d'un chien. La bête réagit à peu près de la même façon et lui lèche la main avec sa grande langue rose. Surpris, il pouffe de rire.

— Non, on ne s'y habitue pas, continue-t-il. Mon oncle Bill, le frère cadet de mon père, qui a été mon tuteur jusqu'à mes dix-huit ans, a été très bon pour moi, mais mes parents me manquent toujours.

Il se redresse et lui fait un sourire, ce sourire qu'il semble réserver à elle seule.

Pour écarter toute autre question — car ce n'est pas seulement à cause de la mort de Walter qu'elle est restée loin de lui –, elle lui demande précipitamment :

— Comment vas-tu te débrouiller avec ça ? Sais-tu comment attraper un veau au lasso ?

Pour toute réponse, il prend le lasso sur la selle et réussit à faire tourner la boucle dans les airs. L'anneau de corde se maintient quelques secondes, puis il se déforme et retombe mollement sur le sol.

— Je pense que non, dit-il d'un air penaud.

Sam lui prend le lasso des mains en riant. Sans dire un mot, elle le fait tournoyer et jette au loin la boucle, qui tombe doucement sur un pieu, puis elle tend la corde d'une brève secousse. Elle pouffe de rire en voyant l'air de Tim.

— Impressionnant ! dit-il en riant.

Elle hausse les épaules, flattée.

— Comment allez-vous jouer la scène, puisque tu ne peux pas attraper toi-même le veau ?

— D'abord, ils vont me filmer à cheval, en train de poursuivre le veau, explique-t-il. Puis Dave va l'attraper au lasso. S'il le rate, ils vont recommencer jusqu'à temps qu'il réussisse. Ensuite, je sors et je prends la cordelette. Je pense pouvoir lier les pattes de la bête. Ce qu'il faut, c'est que j'en fasse le plus possible et, au montage, ils vont combiner les plans.

Sam récupère le lasso et le range correctement, prêt pour l'usage, sur le pommeau de la selle.

— Dommage qu'on ne puisse pas te demander à toi de le faire plutôt qu'à Dave, dit-il. Mais tu peux imaginer les problèmes au montage !

En disant cela, une expression espiègle apparaît sur son visage et il jette un coup d'œil au coin de la barrière. De l'autre côté de l'arène, John est en conversation avec Sylvie et Larry Cabot discute avec le cadreur.

— Peut-être qu'on pourrait, après tout. Sam, as-tu déjà attrapé un veau au lasso ?

— Jamais en compétition, mais je l'ai déjà fait pour m'amuser.

Un sourire illumine son visage lorsqu'elle comprend ce qu'il a en tête.

Ils n'en disent pas plus et font tout simplement comme s'ils avaient déjà répété la scène. Dave vient dans leur direction, mais il n'arrivera pas à temps pour empêcher la petite blague. Pendant que Sam monte en selle, Tim actionne le déclencheur de la barrière et le veau sort en gambadant, une seconde avant que la barrière s'ouvre devant le cheval.

Derrière eux, ils entendent crier Dave. D'autres cris retentissent lorsque Larry et le cadreur les aperçoivent. Trop tard. Sam éperonne le cheval et jette le lasso. Elle fait tournoyer la boucle dans les airs et la lance autour du cou de l'animal en fuite. Elle rit de plaisir, convaincue que le coup tient autant à la chance qu'à l'adresse. Mais elle ne s'en plaindra sûrement pas. Elle tend la corde d'un coup sec et la tire vers elle. Il y a cependant quelque chose qui cloche.

Au lieu de s'arrêter et de faire contrepoids pour tendre la corde, le cheval baisse la tête et tente d'éjecter sa cavalière. Sam attrape le pommeau de selle. Le lasso est gênant dans sa main et elle tente de s'en dégager afin d'éviter, qu'en plus, le cheval trébuche sur la corde tendue. Puis elle se sert de ses deux mains pour se retenir. Le cheval est complètement fou sous elle. Il se dresse et hennit, puis plonge de nouveau tête première et lance des ruades. Il saute d'un côté et de l'autre et va même jusqu'à reculer. Sam est incapable de maîtriser la bête furieuse. Elle met toute son énergie à s'accrocher.

La fin de l'épisode se produit abruptement. Le cheval se dresse sur son arrière-train et garde la pose un moment comme une statue, puis il retombe sur ses quatre pattes avant de ruer de nouveau. La transition est trop brusque et Samantha lâche son étreinte. En volant dans les airs, elle entend un cri strident et un cri rauque. Elle a le temps de penser à Walter avant de s'écraser sur le sol.

Elle atterrit sur une épaule et fait une culbute

avant de s'étaler de tout son long. Elle reste immobile un moment, tentant de reprendre son souffle. Tim arrive près d'elle pendant qu'elle essaie péniblement de s'asseoir, suivi de Sylvie et de John. Son père ferme la marche et paraît soulagé quand il la voit bouger.

Elle parvient à s'asseoir et reste là, haletante, les yeux pleins d'eau, une douleur lancinante dans l'épaule. Elle tremble sous l'effet du choc.

Sa tante Sylvie se laisse tomber à côté d'elle et la serre farouchement dans ses bras.

— Oh! Ma chérie. Tu vas bien. J'ai cru que tu étais...

— Moi aussi, dit Tim d'une voix grave.

Sam respire profondément, puis se met à rire nerveusement.

— Je l'ai cru moi aussi pendant une minute.

Le nom de Walter, sans être prononcé, plane au-dessus d'eux. La voix de monsieur Phillips vient chasser les fantômes:

— Une chute de cheval n'a rien de nouveau. C'est juste que... — il cherche ses mots — on est encore un peu ébranlés.

— Je pense que tu devrais voir un médecin et subir un examen, dit John derrière elle.

Tim l'aide à se remettre debout.

— Je vais bien, John.

Elle éprouve un élancement dans l'épaule, mais elle est à peu près certaine de n'avoir que des contusions et la peau éraflée.

Tim reste tout près d'elle et lui tient fermement la main.

— C'est trop, l'entend-elle murmurer. C'est allé trop loin.

Tard ce soir-là, Samantha sort de la maison quelques minutes. Sa douleur à l'épaule l'empêche de dormir et les événements de l'après-midi lui trottent dans la tête.

Avant qu'elle ait le temps de demander à Tim ce qu'il voulait dire, le médecin de la production est arrivé. Il l'a amenée dans la roulotte-infirmerie et a procédé à un examen rapide. Elle aura l'épaule raide pendant quelques jours et la peau meurtrie à cause de la chute dans le gravier fin, mais, tout compte fait, il y a eu plus de peur que de mal.

La chute aurait cependant pu être grave. Un cow-boy de l'équipe a capturé le cheval, qui s'est calmé dès qu'il s'est débarrassé de sa cavalière. On a vite compris pourquoi il s'était emballé : la gourmette, c'est-à-dire la chaînette qui passe sous la barbe du cheval et réunit les deux branches supérieures du mors, était cassée. Les points qui la retenaient au cuir de la bride avaient cédé, ce qui fait que lorsque Samantha tirait sur les rênes, le filet du mors s'enfonçait dans la voûte du palais du cheval. La douleur lancinante le rendait fou.

Un autre accident. Il y en a eu pas mal depuis que l'équipe de cinéma est arrivée au ranch. Tim a failli perdre un œil lorsque la clôture s'est effondrée. Walter ne faisait pas partie de la production, mais il a monté le cheval que Tim était censé monter et il est mort.

Sam décide d'aller jeter un coup d'œil du côté de la pile de détritus derrière le hangar, où on a jeté les déchets de la construction de l'arène de rodéo. Peut-être pourra-t-elle y trouver un indice qui expliquerait le mauvais sort qui s'est abattu sur le film.

La lune est à son premier quartier et jette juste assez de lumière pour éclairer une silhouette qui se promène près du hangar. Sam reste figée. Quand la silhouette se penche pour examiner de près quelque chose, elle reconnaît Tim. Elle allume sa lampe de poche et la braque dans sa direction.

Il se tourne brusquement, l'éclairant lui aussi de sa lampe.

— Sam ! Tu m'as fait peur. Qu'est-ce que tu fais ici ?

Il éloigne le rai de lumière pour ne pas l'aveugler et se fraie un chemin parmi les objets qui, pêle-mêle, jonchent le sol.

— Je pourrais te demander la même chose, répond-elle. Moi, je suis chez moi, mais toi, quelle est ton excuse ?

Parmi les choses qui la tenaient éveillée, Sam se demandait quel pouvait être le rôle de Tim dans toute cette affaire. Plus d'une fois elle a surpris de la peur dans son regard, et ses remarques de l'après-midi indiquent qu'il sait quelque chose à propos de ces accidents.

Il éclaire de nouveau avec sa lampe les déchets éparpillés, puis regarde au loin.

— J'essayais de trouver une raison à tout ce qui se passe ici. Peut-être que si je comprenais comment les choses se produisent, je découvrirais le responsable. Mais c'est peine perdue. J'ai passé trois soirées à chercher sans rien trouver.

— Qu'est-ce qui te fait dire qu'il y a quelque chose à trouver ? lui demande vivement Samantha.

Il reste silencieux quelques minutes, puis la prend par le bras.

— Viens avec moi jusqu'à ma roulotte, dit-il. J'aurais dû te parler avant.

Elle se sent mal à l'aise en pénétrant dans le petit habitacle. La roulotte est divisée en deux appartements. John Ryder habite l'autre et il est probablement en train de dormir de l'autre côté de la cloison. Sam y est déjà venue à quelques reprises pour laisser des boissons gazeuses ou des casse-croûte, mais toujours quand il n'y avait personne. En ce moment, elle est très consciente d'être seule avec Tim dans son appartement.

De son côté, s'il est embarrassé, il ne le montre pas. Il la fait asseoir sur le petit canapé.

— Tu veux un soda ? lui demande-t-il. Ou préfères-tu un café ?

Elle accepte une boisson gazeuse et lui fait de la place à côté d'elle.

Aussitôt assis, il se met à parler.

— Tu sais, c'est formidable d'être dans le

monde du spectacle. J'en ai fait partie toute ma vie et j'ai l'intention d'y rester encore longtemps. Mais il y a des inconvénients. On a parfois l'impression d'être un animal de zoo et d'être continuellement observé. On s'habitue à recevoir des lettres de gens qu'on ne rencontrera jamais et qui nous révèlent des choses qu'ils n'ont jamais dites à leurs proches. J'ai reçu des lettres d'amour de petites filles avant même que j'aie l'âge de les lire, et même aujourd'hui, si on cotait les lettres d'amour comme on cote les films, je suis sûr qu'il y en a certaines que je serais encore trop jeune pour lire! J'essaie de répondre à celles qui sont acceptables et je mets les plus farfelues à la poubelle.

Il prend une profonde inspiration avant de continuer.

— J'ai cru qu'il s'agissait encore d'une de ces lettres farfelues, alors je l'ai jetée. Maintenant, je le regrette.

— Quelle lettre?

La peur est revenue sur son visage. Cette fois, elle n'est pas dissimulée, et elle est contagieuse.

— J'ai reçu une lettre me disant que je tournais mon dernier film, qu'on allait me tuer avant que je fasse du mal à quelqu'un d'autre.

Chapitre 7

En récurant les plats et les casseroles, le lende-main matin, Sam sent toujours une boule de peur dans sa poitrine. Tim et elle ont fait l'inventaire des accidents et des incidents. Certains pouvaient résulter de négligences ou être des accidents purs et simples, surtout les moins graves. Il pouvait s'agir de maladresses dues à la nervosité, une gaffe en amenant une autre. Mais certains auraient pu être mortels, et il y a eu Walter.

— Je n'y crois pas, a répondu Tim quand elle s'est obstinée à dire que la mort de Walter était un accident. Tout le monde a été témoin de ce qui s'est passé. Walter m'a spontanément offert de prendre sa place, parce que quelqu'un l'a incité à le faire. Puis John m'a arrêté et il était trop tard pour fixer la sangle. C'est sûr que la façon dont il s'est cogné la tête relève du hasard, mais qu'est-ce qui serait arrivé, d'après toi, si j'avais été en selle ? Walter a quand même essayé de se protéger. Moi, je n'aurais même pas su comment.

Quand elle lui a conseillé d'en parler au shérif McBride, il a refusé.

— Quelle preuve pourrais-je lui donner? C'est toujours la même chose quand on est un acteur. Tout le monde croit qu'on recherche la publicité. Si seulement j'avais gardé la lettre...

Elle lui a demandé pourquoi la lettre l'accusait d'avoir fait du mal à quelqu'un. Il était aussi intrigué qu'elle sur le sens de cette phrase, disant qu'il devait s'agir d'une sorte de mal imaginaire et qu'il n'avait jamais fait de mal à personne.

Sam se rappelle vaguement les mises en garde de Nicole, qui prétendait que Tim avait la réputation de briser les cœurs. Est-ce à cela que la lettre faisait allusion?

La gourmette brisée a été la goutte qui a fait déborder le vase. Quand Tim a vu Sam projetée dans les airs comme Walter, il a été terrorisé. En évoquant sa peur, il l'a prise dans ses bras, et elle se sent rougir en songeant à ce qui a suivi. Il était très tard quand elle est rentrée chez elle en catimini et s'est glissée dans son lit.

— Sammie, es-tu en train de dormir les yeux ouverts?

Elle revient à la réalité avec un sursaut. Sa tante Sylvie est sortie il y a plusieurs minutes avec le bac à déchets et, de retour, elle la regarde avec un sourire narquois. Sam se rend compte qu'elle récure le même poêlon depuis au moins cinq minutes.

— Oh! Excuse-moi, tante Sylvie. J'étais en train de penser.

— À quoi? Ou devrais-je plutôt te demander à qui?

Le vague sourire de Sylvie s'élargit quand elle voit sa nièce se hâter de rincer son poêlon, les joues en feu. Samantha ne rougit pas facilement, mais en ce moment c'est le cas. Sa tante continue sur un ton plus sérieux :

— Peut-être que je ne devrais rien dire. Moi aussi, je suis amoureuse, et c'est un sentiment extraordinaire.

Sans répondre, Samantha attrape la laine d'acier et frotte avec acharnement un reste de sauce séchée.

— Sam, j'aime bien Tim. C'est un beau garçon et il a assez de charme pour charmer un serpent à sonnettes! Je ne peux pas te reprocher de t'être entichée de lui. Mais ne le laisse pas te faire de mal. Il a la réputation de tomber amoureux et de rompre aussi souvent qu'il change de chemise. Et tu fais déjà la manchette des journaux du pays.

Sam lève les yeux de sa casserole, perplexe.

— Quoi? Personne ne t'a rien dit? Attends. Je vais chercher quelque chose.

Elle quitte la pièce, laissant sa nièce intriguée, et revient au bout de quelques minutes avec un magazine ouvert qu'elle lui tend. Il s'agit d'un journal bon marché sur les potins de Hollywood.

— C'est Alice, au bureau de poste, qui a attiré

mon attention là-dessus. Je l'ai montré à John. Il m'a dit que ce genre d'histoires arrive toujours tôt ou tard aux oreilles des journalistes à potins et qu'il ne faut pas s'en faire, mais j'ai cru bon de te mettre au courant.

Elle montre à Samantha un article intitulé *Qui voit qui*. Il est écrit en petits caractères et les noms cités sont en gras. Au milieu de la colonne de gauche, le nom de Tim lui saute aux yeux.

*Le beau **Tim Rafferty** a fait une autre conquête en tournage. Son aventure avec une jeune beauté locale dans la petite ville où il tourne son tout dernier film fait beaucoup jaser. Sera-t-elle abandonnée comme tant d'autres avant elle? Quand Hollywood débarque, il y a toujours des cœurs brisés!*

L'article continue, mais Sam n'a pas envie d'en lire davantage. Sylvie reprend le magazine des mains molles de sa nièce.

— J'ai cru qu'il valait mieux que tu saches. Je ne sais pas où ces feuilles de chou prennent leur information, mais on ne peut pas passer ce genre de choses sous silence. Surtout pas avec quelqu'un d'aussi connu que Tim.

— Et toi? Ton histoire avec John n'est pas dans le journal? demande-t-elle sur un ton acerbe.

Nullement troublée, Sylvie lui répond:

— Nous en avons discuté et si les journaux

parlent de nous, on a décidé de faire comme si de rien n'était. Ne sois pas fâchée contre moi, Sam. Continue d'avoir du plaisir avec Tim, mais... essaie de faire en sorte que les choses n'aillent pas plus loin.

Sam s'essuie les mains sur son tablier et dit vivement :

— Il faut aller distribuer des boissons gazeuses.

Elle s'empare de la glacière de camping et toutes les deux se dirigent vers les roulottes, transportant à deux l'encombrante caisse.

L'article lui laisse le sentiment d'être terriblement exposée, comme si elle se promenait toute nue. Elle se demande si Tim l'a vu. Il a sans doute l'habitude de ce genre de choses, mais elle en est ennuyée, d'autant plus que tôt ou tard quelqu'un va sûrement le montrer à Paul, ce qui suppose de gros, très gros ennuis en perspective.

Elles tournent dans l'allée qui sépare les deux rangées de roulottes alignées. Elles se trouvent juste à côté de celle que Tim et John partagent quand Sam trébuche sur quelque chose dans le sentier. Une ombre passe et un craquement métallique se fait entendre.

— Attention ! crie Sylvie en poussant sa nièce.

Sam fait un bond en avant et lâche son bout de la glacière. Elle atterrit sur les genoux et, au même moment, un projecteur s'écrase par terre avec fracas et explose sous l'impact. Des parcelles de métal et de fil volent en tous sens. Elle éprouve une brûlure au bras, un éclat de verre lui ayant écorché la peau. La douleur se répercute dans tout son bras. Elle baisse les yeux et voit suinter du sang à travers la manche de son chemisier déchiré.

À côté d'elle, Sylvie est allongée dans un amas de métal et de verre.

— Tante Sylvie! Est-ce que ça va?

Sylvie réussit à s'asseoir de peine et de misère. Elle secoue la tête en grimaçant.

— Je ne sais pas, mais je crois que je me suis esquinté la cheville.

Elles entendent un cri, puis Tim et plusieurs autres arrivent à leur secours. Ils se massent autour d'elles et leur posent plein de questions. Tim s'agenouille près de Sam.

— Que s'est-il passé? Qu'est-ce que ce projecteur fait là? demande John Ryder en se frayant un chemin.

Ce n'est pas tant une question qu'il pose, mais une réponse qu'il exige. Pendant un instant, le silence règne.

— Sam a trébuché sur un câble et ce truc est tombé sur nous. Nous avons bondi et la lampe ne m'a pas même frôlée, mais je suis mal tombée. J'ai la cheville en piteux état.

Déjà, son articulation est enflée.

— C'est une lampe que nous utilisons pour le tournage de nuit, explique Tim.

John Ryder se penche et tâte délicatement la cheville enflée de Sylvie.

— Ça ne me dit rien de bon, Sylvie. C'est heureux que ce projecteur ne soit pas tombé sur vous. Il pèse une tonne.

— Ouche ! fait-elle en tressaillant malgré la délicatesse du toucher.

Elle essaie de sourire, mais son rictus ressemble davantage à une grimace.

— Je crois que je vais avoir besoin d'aide pour retourner à la maison, dit-elle.

Doucement, John l'aide à se relever en prenant bien soin qu'elle ne s'appuie pas sur sa cheville blessée. La soutenant par la taille, ils se dirigent tous les deux clopin-clopant vers la maison.

Tim prend la main de Samantha.

— Tu vas bien ? Tu as du sang sur le bras.

Le sang a presque cessé de couler et il l'essuie avec ses doigts.

— Ce n'est qu'une égratignure. Je pense que j'ai reçu un éclat de verre.

Maintenant que la crise est passée, elle se rend compte qu'elle l'a échappé belle.

— C'est ma roulotte, fait remarquer Tim, la voix tremblante. Le projecteur m'était destiné.

Plus tard, le même jour, Sam arrive à l'arène juste au moment où John annonce la fin de la journée de tournage.

— Merci, tout le monde. C'est terminé.

Le second assistant distribue les feuilles de service, qui donnent toutes les indications nécessaires au tournage du lendemain. Mick aperçoit Sam et vient vers elle.

— Tiens, tiens. La cavalière de voltige, lui dit-il en riant.

Et avec une pointe de malice dans les yeux, il ajoute :

— J'espère que tu ne t'amuseras pas à ce petit truc-là trop souvent.

— T'en fais pas, je n'en ai pas l'intention. J'ai encore l'épaule endolorie.

Tim termine sa conversation avec John et les assistants, puis vient les rejoindre.

— Comment va ta tante ? demande-t-il à Samantha.

— Sa tante ? fait Mick en haussant les sourcils.

— Un projecteur de douze kilowatts a failli tomber sur elles ce matin, tout près de ma roulotte, explique Tim. Elles se sont écartées juste à temps, mais Sylvie s'est blessé la cheville.

Mick émet un sifflement.

— Non seulement de la voltige, mais aussi de la cascade, bravo ! Pourquoi nous as-tu caché tes talents, Sam ?

Sam hausse les épaules.

— Elle va bien. Mon père l'a amenée à la clinique pour subir une radiographie et sa cheville est seulement foulée, pas cassée. On lui a fait une compression pneumatique jusqu'à ce que l'articulation soit guérie.

— Mais qu'est-ce que ce projecteur faisait là ? demande Mick d'un air soucieux.

— C'est ce que Larry essaie de tirer au clair, répond Tim.

— Ce n'était qu'un accident, laisse négligemment tomber Sam.

— Ouais, encore un, dit Tim d'un ton amer.

À son air, elle est sûre qu'il pense à la lettre.

Mick les quitte quelques minutes plus tard. Il loge dans une auberge voisine du vaste domaine des McBride. Après son départ, Tim prend Samantha par la taille. Comme il y a au moins une douzaine de personnes en vue, elle se sent mal à l'aise, songeant que celui ou celle qui a raconté leur histoire au journal est peut-être parmi elles. Sentant aussitôt sa réticence, Tim lui demande :

— Qu'est-ce qu'il y a ?

— Rien de grave, mais pourrait-on aller parler ailleurs, sans qu'une foule nous observe ?

— Allons nous promener dans mon Bronco. Ça te donnera l'occasion de me montrer d'autres coins du ranch et tu pourras me parler tant que tu veux.

Ils suivent le chemin de terre qui les amène au nord des bâtiments, vers le canyon Lizardfoot. Pendant qu'ils roulent en cahotant sur la route ondulée, Sam parle à Tim de l'article. Il pince légèrement les lèvres lorsqu'elle lui cite la dernière phrase.

— Comme tant d'autres avant elle ? Ils me prennent pour un vrai don Juan ! Je suis désolé, Sam, mais je ne peux rien faire contre ces vautours, sinon faire comme s'ils n'existaient pas.

Chaque fois qu'elle se trouve avec Tim, elle perd tous ses moyens. Elle a l'impression de flotter au gré du courant sans trop savoir où il l'emporte. Elle verra plus tard dans quelle direction va leur relation. Pour l'instant, elle a envie de se laisser flotter.

— Qui donc vient par ici? demande-t-il lorsqu'ils s'engagent sur une route à pic qui ressemble davantage à une piste et grimpe le long du canyon.

— On utilise cette route surtout pour transporter le bétail ou les cubes de sel, des piquets de clôture, divers matériaux. On ne se donne pas la peine de l'entretenir.

Pendant qu'elle parle, la roue avant droite s'enfonce dans un nid de poule. Ils sont tellement secoués qu'elle agrippe le tableau de bord et que Tim resserre son étreinte sur le volant.

— Tu veux rire. C'est une route formidable. Une vraie râpe à fromage!

Sam pouffe de rire et manque de se mordre la langue lorsque la voiture bondit en passant dans une autre ornière. Près du sommet, la piste s'aplanit et Sam demande à Tim de s'arrêter.

Ils admirent le paysage pendant un moment, et quand ils sont prêts à repartir, Tim demande:

— On monte encore, ou on retourne d'où on vient?

— Un peu plus haut, à moins d'un kilomètre, il y a un endroit assez large pour faire demi-tour.

Ils s'y rendent et, avec beaucoup de précautions, Tim tourne la voiture. L'espace est restreint et ne donne pas droit à l'erreur. À quelques centimètres de la piste, le sol s'incline en pente abrupte. Une fois qu'il a terminé sa délicate manœuvre, il coupe le moteur et détache sa ceinture de sécurité. Il met le frein d'urgence, puis se glisse sur la console entre les deux sièges. Sam détache elle aussi sa ceinture de sécurité et se tourne vers lui. Sa respiration devient un peu saccadée.

Leur baiser est d'abord très doux, puis devient plus fougueux et Sam sent battre son cœur. Finalement, après un temps indéfini, Tim recule un peu la tête et caresse ses cheveux striés par le soleil.

— Tu as les yeux verts, aujourd'hui, murmure-t-il.

Sam a des yeux noisette qui changent de couleur selon la lumière ou son humeur.

— Ça veut dire que je suis heureuse, dit-elle en riant.

La main de Tim glisse le long de ses cheveux et lui effleure l'épaule. Sam tressaille et il interrompt aussitôt son geste en s'excusant.

— Non, ce n'est rien, dit-elle.

Le charme est rompu. Tim retourne à son siège. Au bout d'un moment, Sam attache sa ceinture et il met le moteur en marche. L'épaule douloureuse de Sam leur rappelle les accidents et ce rappel les a refroidis tous les deux.

Tim démarre et allume les phares, car le soleil s'est éclipsé derrière la paroi opposée du canyon. Au bout d'un moment, sur une longue pente raide, ils prennent de la vitesse. Sam serre le tableau de bord. Plus loin devant, la route devient sinueuse. Sam ouvre la bouche pour dire quelque chose, mais, voyant l'expression de Tim, elle se tait. À plusieurs reprises, il appuie furieusement sur la pédale de frein. À l'approche du premier tournant, le visage blême, il hurle :

— On n'a plus de freins !

Il tourne brusquement le volant pour entraîner le véhicule dans la courbe prononcée, mais en vain. Il rate le virage et la voiture s'engage dans une descente quasi à la verticale. Il redresse vivement le volant pour éviter qu'ils fassent un tonneau, auquel cas le toit s'écraserait. La route en lacet n'est qu'à quelques mètres en dessous d'eux, mais le véhicule a pris trop de vitesse. Il glisse sur la route, la traverse et continue sa course vers le lit du canyon.

Sam a mal aux mâchoires à force de se retenir de crier, pendant que Tim se bat avec le volant, sans perdre son énergie à pomper les freins devenus inutiles. Le frein de secours fonctionnerait peut-être, mais il risquerait de les faire se retourner et ce serait la mort assurée. Un énorme chêne se dresse soudain devant eux dans le crépuscule et Sam ferme les yeux malgré elle. Mais elle se force aussitôt à les ouvrir, préférant voir ce qui se passe. Tim a évité l'arbre de justesse grâce à un vigoureux coup de volant, mais l'arrière gauche du véhicule le percute dans un craquement sonore.

Ils frôlent arbres et broussailles et heurtent un rocher avec un bruit métallique tel qu'on doit l'entendre à des kilomètres à la ronde. Sam cesse de respirer lorsqu'un soubresaut les fait pratiquement se renverser, mais le véhicule retombe sur ses roues avec un bruit sourd et continue sa course folle, glissant sur les pneus devenus lisses. À mesure qu'ils approchent du fond du canyon, la pente devient moins abrupte. Finalement, ils heurtent latéralement un autre arbre, cette fois un mesquite dur comme de la pierre. Ils rebondissent, puis dérapent jusqu'à un éperon rocheux qui les retient. Le véhicule s'arrête en équilibre instable, les roues de droite suspendues dans le vide au-dessus d'un autre précipice.

Chapitre 8

Le cauchemar est terminé. Ils restent immobiles un moment, puis Tim dit d'une voix monocorde :

— On a réussi.

Le moteur a calé lorsqu'ils ont percuté le dernier rocher et Tim tend la main vers la clef de contact pour couper l'allumage. Tout s'est déroulé tellement vite qu'à peine quelques minutes se sont écoulées depuis qu'il a constaté que quelque chose ne tournait pas rond. Il détache lentement sa ceinture de sécurité avec une lenteur de vieillard, tandis que Sam se laisse aller contre l'appui-tête. Tout son corps est secoué de tremblements. Elle ferme les yeux et les rouvre aussitôt, en proie à la panique en voyant défiler derrière ses paupières closes les images de l'interminable descente.

Tim tend la main et essuie doucement les larmes qui coulent sur ses joues. Elle n'a même pas remarqué qu'elle pleurait.

— On ferait mieux de sortir, dit-il. Peux-tu te

glisser de mon côté ? Je ne pense pas que tu puisses sortir du tien.

Avec d'infinies précautions, ils sortent par la portière du conducteur. Le véhicule se balance dangereusement au moindre geste. Une fois dehors, ils grimpent tant bien que mal sur le flanc de la montagne et regardent la voiture démantibulée. Sam lève les yeux vers la pente raide derrière eux et dit :

— Tu as battu tous les records de descente de montagne, Tim. Mais la prochaine fois, j'aimerais autant descendre à pied.

La tension commence à se relâcher et elle réprime un fou rire hystérique. Ils sont vivants, c'est tout ce qui compte.

La lumière baisse rapidement dans l'étroit canyon et ils sont loin de la maison. De toute évidence, la voiture ne peut être d'aucune utilité pour l'instant. Très prudemment, Tim retourne y prendre sa lampe de poche sous le siège du conducteur et revient auprès de Sam.

— As-tu une idée de la distance qu'on va devoir parcourir à pied ?

Elle regarde autour d'elle pour trouver des repères. Elle est vite fixée.

— Retournons jusqu'à la route pendant qu'il fait encore un peu jour. C'est le bout le plus difficile. Ensuite, la route nous mènera jusqu'à la maison. On sera à une dizaine de kilomètres.

Quand ils arrivent à la route de terre battue, les dernières lueurs du jour ont complètement disparu.

Le ciel est couvert d'étoiles, mais elles n'éclairent pas vraiment leurs pas et la lune ne se montrera pas au-dessus du canyon avant plusieurs heures.

Quand enfin ils sortent du canyon et aperçoivent les lumières de sa maison, Sam sent de nouveau les larmes couler sur ses joues. Elle vient de passer à un cheveu de ne plus jamais revoir la maison de son enfance. Maintenant que le danger est écarté, elle se rend compte à quel point elle aime cette maison. Elle est un peu démodée et un peu défraîchie, mais c'est chez elle.

Ils marchent vers les lumières et Sam espère qu'ils pourront se faufiler sans bruit à l'intérieur. Mais ils ont épuisé leur réserve de chance en sortant sains et saufs de la descente infernale et, dès qu'elle ouvre la porte, des voix leur parviennent de la salle de séjour, celles de ses parents, de sa tante Sylvie et de John.

Madame Phillips, qui a entendu du bruit dans la cuisine, vient voir d'où il provient.

— Sam ! Où donc étais-tu passée ?

Apercevant Tim, elle ajoute sèchement :

— Bonsoir, Tim. Où étiez-vous tous les deux ?

— On est allés se promener dans la voiture de Tim et on a eu de petits ennuis...

Madame Phillips remarque les traces de larmes sur le visage de sa fille et l'air éreinté de Tim.

— Qu'est-ce qui vous est arrivé ?

Sans leur laisser le temps de répondre, elle

appelle aussitôt son mari et les entraîne dans la salle de séjour. Monsieur Phillips se lève en les apercevant. Les deux jeunes gens, exténués, se laissent tomber sur le canapé. Consternés, Sylvie et John se joignent à eux. John exige une explication immédiate.

— Comme je le disais, on est allés faire un tour, recommence Sam.

Elle a l'impression d'avoir le visage couvert de poussière et se demande tout à coup de quoi ils peuvent bien avoir l'air.

— Sam, l'interrompt son père d'une voix calme, tu connais les règles. On te laisse beaucoup de liberté, à condition que tu nous dises où tu vas.

Tim prend la relève.

— On est allés dans ma voiture, monsieur Phillips. On est montés dans le canyon, puis on a pris une route secondaire abrupte.

— Le pas de l'Araignée, papa, ajoute Sam.

Tim la regarde, étonné.

— Tu ne m'as pas dit que ça s'appelait comme ça. C'est un nom très approprié. En tout cas, on est allés tourner en haut et on a repris le chemin du retour juste après le coucher du soleil, et les freins ont lâché.

— Quoi ?

Tout le monde a posé la question en même temps.

— On a tout simplement dévalé la montagne, dit rapidement Tim. La voiture est complètement foutue. Il va falloir un camion pour la sortir de là. On a dû revenir à pied et ça nous a pris un temps fou.

Monsieur Phillips lui demande de lui décrire l'état de la voiture et de lui préciser l'endroit où elle se trouve afin qu'il puisse aller la remorquer.

Sam, appuyée contre le cuir souple du canapé, savoure la sensation de chaleur et de sécurité qu'elle éprouve. Elle sent un regard posé sur elle et ouvre les yeux. John Ryder les dévisage, Tim et elle, l'air préoccupé. Comment le blâmer ? Un autre accident. Et celui-ci a failli leur coûter la vie à tous les deux.

Tim est furieux de constater que malgré ses efforts pour ne pas ébruiter l'accident, tout le monde en parle. Le lendemain du désastre, plusieurs membres de l'équipe ont accompagné Jack Phillips pour hisser la voiture et la remorquer jusqu'au garage d'Agua Verde. Avant la fin de la journée, la moitié de la ville était allée voir le véhicule accidenté.

En fin d'après-midi, une équipe de nouvelles de Tucson est allée interroger John dans le bureau de la production. Tim en a eu connaissance quand le réalisateur est arrivé sur le plateau en compagnie des journalistes. Ils ont filmé une courte interview avec lui pour le bulletin de soirée.

Le soir, Tim est allé regarder l'émission chez les Phillips avec John. Il était assez satisfait du résultat.

«Nous avons eu de la chance, disait-il, mais ça n'a pas été aussi grave qu'on le dit. Non, les autorités ne font pas d'enquête. Il n'y a pas de raison.»

Il a été contrarié qu'on montre une image du Bronco accidenté pendant qu'une voix hors champ décrivait les dommages. Sans le contredire ouvertement, le commentateur insinuait qu'il avait frôlé la mort et qu'on avait masqué la vérité.

Tim ne sait pas vraiment ce que McBride pense de l'accident. Il sait seulement qu'au garage on examine scrupuleusement la voiture. Il n'a pas parlé de la lettre au shérif et n'a pas l'intention de le faire. L'accident l'a effrayé beaucoup plus qu'il ne l'a laissé paraître dans l'interview. Il a souvent vu des cascadeurs faire ce qu'il a fait, mais il n'oubliera jamais la terreur qu'il a éprouvée quand ils ont basculé par-dessus le bord de la falaise. Au moins, Sam n'a pas été blessée. Quoi qu'il arrive, il se jure bien qu'il ne lui arrivera jamais de mal.

Deux jours après l'accident, dès l'aube, le ranch est envahi par une foule nombreuse de gens d'Agua Verde venus participer au tournage des scènes finales de la séquence du rodéo. Une semaine auparavant, on a réuni les éventuels figurants pour leur donner des instructions sommaires. On leur a dit que personne n'aurait besoin de maquillage professionnel puisqu'on ne filmerait pas de près, et on les a invités à s'habiller comme ils le feraient normalement dans les circonstances. On leur a expliqué que leur présence était purement décorative.

Tim a insisté pour que les Phillips s'inscrivent au nombre des figurants. En arrivant avec sa famille sur la petite estrade construite près de l'arène, Sam n'en revient pas de voir autant de gens. On dirait que toute la ville d'Agua Verde a attrapé la fièvre du cinéma. Jacquie est là, bien sûr, tenant le bras de Mick d'un air possessif. Le couple est entouré d'un groupe de jeunes qui s'esclaffent en écoutant les blagues de Mick. Jacquie fait un signe de la main à Sam, qui va les rejoindre. Elle n'a jamais vu Jacquie aussi heureuse et se demande jusqu'à quel point elle a changé. Mick a vraiment une bonne influence sur elle.

L'ancienne Jacquie n'a cependant pas complètement disparu. Elle entraîne Samantha à l'écart et lui demande :

— As-tu entendu ce qu'on dit à propos de l'accident ?

Sam fait signe que non.

— Certains prétendent qu'il s'agit d'une ruse publicitaire. Il est censé y avoir un accident dans le film, tu sais, et on prétend que la voiture de Tim a été trafiquée pour servir dans le film.

Sam, qui ne cesse de faire des cauchemars à cause de l'horrible accident, est furieuse.

— C'est ridicule et tu le sais très bien ! Qui donc répand ces horreurs ?

Jacquie hausse les épaules.

— Je l'ai entendu, c'est tout. Un ouvrier du garage a dit que les conduites de frein fuyaient ou quelque chose du genre. Je parie qu'on en parle dans *Qui voit qui*.

À la mention de la chronique, Sam serre le poing. Grâce à Mick, Jacquie connaît tous les commérages entourant la production ces jours-ci.

— Je me demande si Paul va battre Tim, continue Jacquie.

— Quoi?

— Paul est ici. Hier, au café, quelqu'un lui a demandé pourquoi tu étais avec Tim quand il a eu l'accident. Et Paul a dit qu'il ne le savait pas, mais qu'il allait le démolir pour avoir failli te tuer. Mais... je pense que ce n'est pas l'unique raison.

— Paul est ici? Il me semble qu'il ne voulait rien avoir à faire avec ce cirque, comme il dit.

Jacquie lui montre Paul, seul derrière l'estrade, et Sam va le rejoindre. Il la salue à peine et s'enferme dans le mutisme. Si elle a envie de parler, c'est elle qui devra faire les frais de la conversation.

— Je pensais que tu ne voulais rien avoir à faire avec tout ça, dit-elle.

— C'est vrai, répond-il sans la regarder.

Elle l'a évité ces derniers temps et elle le sait. Ses sentiments pour lui sont ambigus. Il a toujours été proche d'elle, mais avec Tim, c'est spécial. Et elle n'aime pas sa jalousie. Elle ne peut pas oublier qu'il a été le premier à défier Tim de monter un cheval sauvage. Plus tard, elle a demandé à Tim s'il soupçonnait Paul d'être responsable des accidents. Il lui a répondu que non, surtout parce que Paul ne pouvait pas lui avoir envoyé la lettre et que celle-ci avait à son avis un lien direct avec ces accidents.

Elle est sur le point de s'en aller quand Paul se décide soudain à parler.

— Je suis venu pour te voir. Je voulais savoir si tu allais bien.

— Je vais bien, répond-elle, sachant que la question est un prétexte.

Il la regarde droit dans les yeux pour la première fois et dit:

— Je ne t'ai pas vue beaucoup ces derniers temps. On dirait que tu m'évites. Ou peut-être que tu as été trop occupée avec lui.

Elle devine la question qu'il n'ose pas lui poser: lequel des deux aime-t-elle? Malheureusement, elle n'a pas de réponse. Elle observe le visage qu'elle connaît si bien. Les cheveux courts blond cendré de Paul sont bien différents des longs cheveux blonds et lisses de Tim. Paul a les yeux bruns, tandis que Tim a des yeux d'un bleu saisissant. Pourtant, malgré les différences, ils sont aussi beaux l'un que l'autre. Ils ont tous les deux un visage décidé, et le menton aussi obstiné.

— Le tournage sera terminé dans deux ou trois semaines, dit-elle, consciente que ce n'est pas une réponse.

— Oui, ils vont partir. Mais je ne suis pas certain que ça règle les choses.

Après une pause, il s'en va en marmonnant:

— À plus tard.

— À plus tard, dit-elle d'une voix faible.

Mais il lui tourne déjà le dos et ne l'a pas entendue. Elle se mord la lèvre et retourne à l'estrade en songeant à toutes les questions qui l'assaillent. La plus grave est certainement celle de savoir qui est responsable des accidents. Elle repense à la lettre. Tim a raison: il y a certainement un lien. Et Paul ne peut pas l'avoir envoyée avant que Tim fasse la connaissance de Samantha.

Elle est tellement perdue dans ses pensées qu'elle ne voit pas arriver Hélène et se heurte contre elle.

— Pardonne-moi, Hélène, je ne regardais pas où j'allais.

La cascadeuse porte un très beau costume de rodéo, qui est une réplique de celui que Sam a vu sur Nicole un peu plus tôt.

— Es-tu figurante? Tu ferais mieux d'aller prendre place devant. Je pense qu'ils sont sur le point de commencer.

Elle regarde la plate-forme de caméra de l'autre côté de l'arène et ajoute:

— Ils font d'abord la scène avec Tim et Nicole, puis la scène du rodéo.

— Quand interviens-tu? lui demande Sam, curieuse.

— Pas avant qu'ils aient terminé avec les vedettes, répond Hélène. Ils vont filmer toute la scène et feindre la cascade, puis quand nous entrons, ils libèrent le taureau. John a prévu les choses comme ça pour ne pas risquer de perdre du temps si le taureau n'est pas coopératif, ajoute-t-elle en riant.

Comme pour souligner ses paroles, on entend un mugissement en provenance de l'enclos le plus éloigné de la plate-forme de caméra, où un taureau massif attend d'entrer en scène. Tim lui a décrit la scène. Elle est tout à fait improbable, puisque dans la réalité, les femmes ne sont jamais clowns de rodéo. Mais le scénario décrit Amy, le personnage de Nicole, comme une rebelle qui défie les conventions et réussit à obtenir un poste de clown.

Son attention est tout à coup attirée par Tim, qui traverse la plate-forme pour parler à John. Hélène lui dit d'une voix calme :

— Tu es vraiment éprise de lui, pas vrai ?

— Ça paraît tellement ? demande Sam avec un rire gêné. Oui, je pense que je le suis.

— J'espère que tu n'auras pas à le regretter, dit Hélène, d'une voix si basse que Sam n'est pas sûre qu'elle s'adresse à elle.

Mais avant qu'elle puisse demander à Hélène de s'expliquer, le deuxième assistant arrive au bout de l'estrade.

— Te voilà ! lance-t-il. Monsieur Ryder m'a demandé d'aller à ta recherche. Ils ont besoin de toi et de Dave avec les clowns et moi je dois retourner à mes figurants.

Il se tourne vers Samantha en fronçant les sour-cils.

— Les figurants devraient déjà être assis à leur place, mademoiselle Phillips. Où est Dave ?

Hélène indique les enclos et il va de ce côté, lui lançant par-dessus l'épaule :

— Ils attendent.

— Je ferais mieux d'y aller, dit-elle à Samantha, qui la suit lentement.

À peine est-elle assise près de ses parents que la claquette se fait entendre.

— Action ! crie John.

Tim traverse en courant l'arène pour attraper Nicole. Ils discutent. Sam ne peut pas entendre le dialogue, mais elle sait qu'ils parlent de l'intention d'Amy de se faufiler dans l'arène comme clown. Le micro, couvert d'une housse pelucheuse pour étouf-fer le bruit du vent, est assez près pour capter les voix, mais les figurants sont trop loin pour entendre. Derrière les acteurs, des membres de l'équipe de cascadeurs vont et viennent dans le champ de la caméra selon une mise en scène étudiée, afin de simuler une activité de fond englobant les estrades.

Le tournage se poursuit. Comme toujours, Sam n'en revient pas du temps qu'on consacre à la mise au point de chaque séquence. La dispute entre Amy et Jeb est reprise six fois avant que John soit satis-fait.

Dans la scène suivante, le personnage de Lenny, interprété par Mick, sera blessé. Jeb sera projeté à bas de son cheval en allant le récupérer et Nicole, dans le rôle d'Amy, sautera dans l'arène et éloignera la bête grâce à une ruse habile. Sam a relevé au moins une douzaine d'erreurs dans cette scène quand Tim la lui a décrite, mais elle a admis avec lui qu'elle serait captivante. Au cinéma, le sensationnel l'emporte parfois sur la vérité.

John a prévu de filmer d'abord toute la scène avec les trois acteurs. Il y aura quelques plans des estrades, pour donner aux figurants leur unique chance de jouer. On leur a demandé de réagir à la situation fictive en donnant des signes d'horreur et d'angoisse. Une fois que la scène sera terminée, ils vont la refaire avec les doublures et le taureau.

Les caméras tournent pendant la première partie de la scène. Tim arrive à cheval et on aperçoit les clowns en arrière-plan, qui tentent de distraire le taureau imaginaire. Sam a déjà vu les deux clowns dans un rodéo professionnel, mais la distance l'empêche de bien les distinguer. Les caméras s'arrêtent et Tim met pied à terre.

Plus tard, Dave fera semblant d'être projeté à bas de cheval. Tim s'allonge sur le sol comme s'il était tombé là et se roule un peu dans la poussière pour souiller ses vêtements. Le maquilleur lui ajoute avec art quelques traînées de poussière sur la figure, puis s'écarte du champ de la caméra. Tim garde sa posture en attendant que John commande l'action, quand Nicole hurle soudain de terreur. Tim lève la tête et reste figé.

À une douzaine de mètres de lui, la porte de l'enclos vient de s'ouvrir. Le taureau en colère, pesant plus d'une tonne, surgit et s'arrête en secouant furieusement la tête d'un côté et de l'autre. Derrière Tim, le cheval qui est censé l'avoir projeté à terre hennit et part au galop à l'autre bout de l'arène. Sam saute sur ses pieds et regarde, horrifiée, les techniciens et les éclairagistes fuir vers les clôtures. L'un des cow-boys attrape le cheval de Tim. Autour d'elle, les gens sont eux aussi debout. Sa mère met son bras autour de ses épaules pendant qu'elle se tord les mains, impuissante.

Tim se lève à demi et fige de nouveau, voyant le taureau faire encore quelques pas dans sa direction. La bête secoue la tête et renifle l'air. Tim est trop près. S'il tente de fuir, le monstre va le rattraper avant qu'il ait pu atteindre la clôture la plus proche. Un silence inquiétant pèse sur la foule qui attend de voir le prochain mouvement du taureau. Il fait encore quelques pas, secoue la tête, puis il part au trot vers Tim en prenant de la vitesse.

Avec un long cri aigu, l'un des clowns part en courant de l'autre bout de l'arène. Arrivé près de Tim et du taureau, il fait une pause. Le taureau freine sa course, distrait par le nouveau venu. L'autre clown arrive derrière lui et s'arrête près de l'un des tonneaux de protection. Le premier clown agite un foulard en direction de la bête en l'interpellant, tandis que l'autre court dans sa direction, revient vers le tonneau, puis court encore vers la bête. Celle-ci fait un nouveau pas vers Tim.

Sam se mord la langue pour ne pas crier. Elle a déjà vu ce qu'un taureau a fait à un cheval, et il était deux fois moins gros que celui qui s'attaque à Tim. Il pointe ses longues cornes recourbées en direction de Tim et Sam retient son souffle. Elle soupire quand le taureau fait une nouvelle pause. La tête massive se tourne avec curiosité vers l'un des clowns, qui a lancé un cri de coyote. Dans le silence qui règne sur le plateau, on peut entendre clairement la voix calme de l'autre clown.

— Mon gars, à mon signal, cours aussi vite que tu le peux. Mais pas avant que je te donne le signal.

Il se met alors à caracoler et à hurler en agitant les doigts sur le dessus de sa tête, imitant des cornes.

Après un beuglement, le taureau se tourne brusquement et fonce en direction de la folle créature qui ose l'agacer. Sa vitesse est terrifiante. Le clown plonge derrière le tonneau et le monstre s'arrête, déconfit. Son partenaire surgit de l'autre côté et crie à son tour. La bête se rue vers son second persécuteur qui l'esquive, pendant que le premier s'éloigne encore un peu pour entraîner l'animal plus loin de Tim.

La danse infernale se poursuit plusieurs minutes. À un moment donné, l'un des hommes est obligé de se précipiter dans le tonneau, sur lequel le taureau fonce, mais son partenaire fait dévier la bête. Finalement, ils réussissent à amener l'animal sur le côté de l'arène et l'un des clowns passe derrière. Il lance alors à Tim:

— Vas-y! Fonce vers la clôture!

En le disant, il frappe le taureau sur la croupe. La bête se tortille, cherchant à trouver son antagoniste qui plonge derrière le tonneau, puis escalade la clôture.

De l'autre côté de l'arène, Tim bondit comme un ressort et file vers la clôture, qu'il enjambe d'un saut. Le taureau le poursuit et fonce à son tour dans la clôture, frustré mais seul maître de l'arène.

Le tournage est terminé pour la journée.

Chapitre 9

On termine le tournage de la scène le lendemain sans la moindre anicroche. Personne ne sait comment la barrière a pu s'ouvrir la veille. Le shérif McBride, qui était parmi les figurants, l'a examinée sans rien y trouver de défectueux. Les deux clowns acceptent les remerciements de Tim, mais tout le tapage qu'on fait autour de leur exploit les met mal à l'aise. Ils déclinent l'offre de John de leur ménager des interviews avec les journalistes et tirent leur révérence aussitôt après le tournage. Sam n'a jamais vu plus bel exemple de l'art des clowns de rodéo, mais elle espère bien ne plus jamais assister à une scène pareille.

Le surlendemain matin, l'équipement est chargé dans les camions, puisque la majeure partie de l'équipe va filmer dans la nature. Presque toute l'action du film se déroule près de la maison du ranch, mais John a voulu inclure des images du paysage spectaculaire de Lizard Peak. C'est d'ailleurs surtout à cause de ce panorama qu'il a choisi le ranch Lizardfoot au départ. Les roulottes qui servent à l'habillage, les génératrices et les camions d'éclairage sont déplacés à mi-hauteur de la montagne, sur un plateau qui surplombe la vallée d'Agua Verde. Le paysage accidenté qui s'étend au-delà du plateau servira de décor à plusieurs scènes.

Tout compte fait, il n'a pas été aussi compliqué que Sam l'aurait cru de déménager les quartiers généraux de la production à vingt-cinq kilomètres du lieu original sur une route de terre. Celle-ci a été plus achalandée qu'elle ne l'a jamais été au cours des cinquante dernières années, et parfois un nuage de poussière restait suspendu en l'air pendant plus d'une heure, causant certains problèmes pour les caméras. Mais il y a pire. Sam, sa mère et sa tante doivent aller à tour de rôle porter là-haut les repas, qu'elles réchauffent sur place. Deux fois par jour, le camion grimpe en tressautant dans les ornières qui ne cessent de se creuser à cause de la circulation.

Après l'accident en montagne, Tim a repris ses visites du soir à Vaurien en compagnie de Sam. Ils ont même trouvé le temps d'aller faire quelques promenades à cheval. Maintenant, ils ont moins de liberté puisque le tournage commence tôt le matin et dure jusqu'à tard le soir. Les quelques instants qu'ils passent ensemble, ils ne cessent de parler des accidents. Tim a demandé à Dave s'il avait vu quelqu'un rôder autour de l'enclos du taureau ce jour-là, mais le cascadeur n'a rien remarqué. Le loquet brisé de l'enclos est un autre incident qui peut être attribué au hasard. Mais Sam est maintenant convaincue que quelqu'un cherche délibérément à faire du mal à Tim. Celui-ci continue d'affirmer qu'il ne sait pas qui pourrait être responsable de ces accidents.

— Non, je ne pense pas que ce soit Paul, répond-il à Samantha lorsqu'elle lui fait part de ses soupçons grandissants. À moins qu'il soit devin et ait prévu que j'aurais le coup de foudre en te voyant.

Au fond d'elle-même, elle se demande si la lettre ne pourrait pas être une simple coïncidence ou s'il pourrait s'agir d'une blague énorme. En fait, ses soupçons à l'égard de Paul ont augmenté après l'épisode du taureau, parce que la dernière fois qu'elle l'a vu, il était en conversation avec Dave Jeffries tout près des enclos. Mais même si elle l'a toujours trouvé un peu trop possessif, elle est persuadée qu'il ne tuerait pas pour autant. Il serait plutôt du genre à déclencher une bagarre au vu et au su de tout le monde. Ses doutes persistants ont cependant réussi, plus que jamais, à l'éloigner de lui. Et Tim ne demande qu'à l'accueillir à bras ouverts.

Elle n'a pas oublié les mises en garde de Nicole, ni les allusions à peine voilées d'Hélène, ni même les insinuations du journal. Mais elle ne s'en fait plus. Quand elle est en compagnie de Tim, plus rien n'a d'importance et l'avenir semble très lointain. Ils parlent de la carrière de Tim, de chevaux, de la beauté des montagnes. Le seul sujet de conversation qu'ils n'abordent jamais, c'est ce qu'il adviendra après la fin du tournage, même si, pourtant, le moment approche.

Le jeudi après-midi, quand elle lance le dernier sac d'ordures dans la camionnette, elle entend Nicole l'appeler.

— Sam! Attends une minute!

À cause du surcroît de travail, elle ne l'a pas vue très souvent ces derniers jours.

— Salut. Je commence à en avoir assez de travailler six jours par semaine, lui dit Nicole. Mais j'ai congé demain et après-demain, parce qu'on filme les scènes entre Mick et Tim. Il y a des semaines que je ne suis pas allée ailleurs qu'à Agua Verde et, sans vouloir t'offenser, il n'y a pas grand-chose à y faire. Alors, si on allait à Tucson? J'aimerais voir autre chose de l'Arizona, entre autres des magasins.

Sam rit de la conception qu'a Nicole des attraits touristiques, mais l'approuve. La jeune actrice a déjà invité Hélène, et Sam s'organise avec sa mère pour effectuer une période de travail supplémentaire plus tard en échange d'un congé.

Le vendredi matin, elles quittent le ranch dans la vieille Dodge verte de Samantha. Toutes les trois méritent un peu de répit. Jamais de toute sa vie

Sam n'a travaillé aussi dur pendant les vacances d'été. Les seuls moments où elle a pu s'entraîner avec Brindille ou réfléchir à ce qui se passera après le tournage, c'est après ses corvées de cuisine ou quand Tim était occupé. Elle sait qu'il retournera en Californie, mais, ce qu'elle ne sait pas, c'est ce qui adviendra ensuite. Ils pourront s'appeler et s'écrire, peut-être même se rendre visite, mais elle a encore une année d'études à terminer à Agua Verde et elle ne croit pas que Tim voudra poursuivre une relation à distance.

Même si elle a grand besoin d'un congé, elle n'a pas vraiment envie de passer la journée avec ses deux compagnes. En fait, elle aurait aimé se retrouver seule, loin du ranch et de toute la tension qui y règne depuis quelque temps.

Le matin même, elle a trouvé sur sa table de chevet une note dans une enveloppe non affranchie adressée à son nom. Une seule ligne était dactylographiée sur une simple feuille de papier : *Éloigne-toi de Tim Rafferty avant qu'il ne te fasse du mal*.

Quelqu'un est donc entré dans sa chambre pendant son sommeil, et il s'agit peut-être d'un tueur. Elle a aussitôt pensé à Paul, qui pourrait facilement venir près de la maison des Phillips à la nuit tombée. Elle songe toutefois à la menace semblable que Tim a reçue et qui ne pouvait pas venir de Paul.

Mais peu importe qui a écrit ce message, il est efficace, car Sam a peur. Elle s'inquiétait déjà pour Tim, mais on dirait bien qu'on essaie aussi de s'en prendre à elle. Elle a voulu annuler la sortie de magasinage. N'importe qui a pu laisser la note sur sa table, et Nicole et Hélène ont toutes les deux essayé de la mettre en garde contre Tim.

— Quel âge a ce vieux truc? demande Nicole pendant qu'elles se glissent dans la camionnette.

— C'est un modèle 1971, répond Sam en tournant la clef de contact, amusée.

— C'est plus vieux que moi!

Sam et Hélène éclatent de rire devant la consternation de Nicole.

— Ç'a été le véhicule principal du ranch pendant des années, puis mon frère aîné en a hérité le jour de ses seize ans. Il a reçu une voiture en cadeau quand il a terminé ses études l'an dernier, et j'ai à mon tour hérité du monstre vert!

— Avant qu'on s'installe à Beverly Hills, dit Hélène, ma mère avait une voiture qui avait plus de vingt ans. Elle en a maintenant une nouvelle, qui n'a que dix ans!

— Moi, j'ai l'habitude des voitures plus récentes, dit Nicole en faisant une moue.

C'est la première fois que Sam constate à quel point elles viennent de milieux différents. Nicole est issue d'une famille riche et elle a commencé très jeune à faire du cinéma. Quel contraste avec sa vie à elle! Elle essaie de voir où se situe Hélène.

— Tu demeures à Beverly Hills, Hélène? Où habitais-tu avant?

— À St. Johns, dans le Montana. On a déménagé il y a deux ans à peine. C'est une petite ville qui ressemble à Agua Verde. Elle me manque beaucoup.

Jusqu'à présent, c'est le plus qu'Hélène ait jamais dévoilé sur elle-même.

— Qu'est-ce qui t'a amenée à travailler dans le cinéma?

Hélène hausse les épaules.

— Dans le Montana, je participais à des concours équestres. Il y a environ un an, une amie de ma mère l'a appelée pour lui dire qu'elle cherchait quelqu'un qui montait bien à cheval pour tourner dans une publicité.

— Ah! Ah! Je savais bien que je t'avais déjà vue quelque part, s'écrie triomphalement Nicole. C'était une publicité de bottes d'équitation, n'est-ce pas?

À mesure que le temps passe, la timidité d'Hélène finit par fondre, tout comme les soupçons de Sam. À Tucson, celle-ci gare la camionnette dans un petit centre commercial et se dirige vers les magasins.

— Tu ne verrouilles pas? lui demande Nicole.

— Le monstre vert est à l'épreuve des voleurs! La plupart du temps, j'oublie même de prendre les clefs. Qui donc voudrait voler une aussi vieille guimbarde? Sans compter qu'il faut savoir s'y prendre avec elle. Je parie qu'aucune de vous ne peut la conduire.

— Et pourquoi? demande Nicole. Elle est vieille, mais je sais me servir d'un levier de vitesses au plancher.

— Elle n'est pas vraiment différente de la voiture de ma mère, renchérit Hélène.

— Au retour, je vous laisse essayer chacune votre tour. Vous verrez !

Une fois dans le centre, Nicole les entraîne dans une boutique où l'on vend des bijoux sertis de turquoises. Sam a déjà admiré la vitrine, mais elle n'est jamais entrée, sachant que les prix dépassaient de beaucoup son budget. Ils ne semblent cependant pas refroidir Nicole.

Le bracelet en argent cloisonné qu'elle achète n'est que le premier achat de l'après-midi. Elles vont de magasin en magasin et Sam n'en revient pas : même Hélène trouve que les prix sont bas comparés à Los Angeles. À mesure que la journée avance, chacune trouve des choses à son goût. Sam se laisse tenter par une jupe en denim et une veste assortie. Mais elle a beau s'amuser, elle a toujours en tête la note, qui gâche un peu son plaisir. Nicole comme Hélène auraient pu la lui laisser. Elle ne voit pas qui d'autre aurait pu le faire.

Tim est là-haut, sur le plateau Lee, où le tournage progresse à petits pas. Pendant une pause, il va prendre une boisson gazeuse en compagnie de Mick. Après avoir avalé une longue gorgée, celui-ci lui demande :

— Tim, qu'est-ce que tu comptes faire quand on aura terminé ici ?

Tim sait à quoi Mick fait allusion. L'acteur joue

au grand frère avec Sam depuis le début du tournage, mais il n'a pas envie de parler d'elle avec lui.

— D'abord, je vais prendre un peu de vacances.

— Je veux parler de Sam, rétorque Mick, bien décidé à ne pas laisser son ami s'esquiver. C'est une fille sympa. Je ne voudrais pas qu'elle ait mal.

— Elle est plus que sympa. Elle est formidable. Et je n'ai pas l'intention de lui faire du mal. Merde !

— Tim, tu as mauvaise réputation en ce qui concerne les histoires amoureuses.

— J'ai connu plein de filles, c'est vrai. Mais ça ne veut pas dire que je les utilise ni que je leur fais du mal. Si personne n'avait jamais entendu parler de moi, tu penses que les journaux à potins seraient autant sur mon dos ? Et si j'étais comme n'importe quel autre gars de mon âge, je pourrais changer de petite amie quand bon me semble sans que personne trouve à redire.

— Tu as raison. Mais peut-être que les filles s'éprennent plus sérieusement de toi justement parce que tu es Tim Rafferty. Penses-y. Et même si tu étais n'importe qui d'autre, je te dirais la même chose : ne fais pas de mal à Sam.

Tim ne veut plus rien entendre. Il n'a jamais voulu faire de mal à qui que ce soit, au contraire. Mick le connaît depuis des années et c'est la première fois qu'il le réprimande de cette façon. Il faut dire aussi qu'il n'a jamais été proche des filles avec lesquelles Tim est sorti.

Il se demande comment Sam se débrouille avec

Nicole et Hélène à Tucson, surtout avec Hélène. Se pourrait-il que la jeune cascadeuse veuille se venger ? Pourtant, même si ça n'a pas toujours été comme sur des roulettes entre eux, c'est de l'histoire ancienne. D'ailleurs, il a surveillé ses allées et venues et n'a trouvé aucun indice qui permette de la relier aux accidents. Le jour où elle est arrivée au ranch, il l'a soupçonnée de lui avoir envoyé la lettre de menace. Il a regardé le scénario de cascade, sur lequel elle prend des notes, et son écriture n'a rien à voir avec celle de la lettre. Elle a évidemment pu la modifier. Qui d'autre, dans l'équipe du film, pourrait lui en vouloir ? Il faut que ce soit Hélène. Il espère seulement pouvoir le prouver avant qu'il ne soit trop tard.

Ce n'est qu'en fin d'après-midi que le trio émerge du centre commercial. Une fois qu'elles sont installées dans la camionnette, Sam se rappelle ce dont elles ont parlé plus tôt. Elle s'arrête dans une rue tranquille et demande à Nicole de prendre le volant. Celle-ci essaie en vain d'embrayer en première.

— C'est bien un changement de vitesses en H, non ? Qu'est-ce qui ne va pas avec ce truc ?

Sam se contente de rire et lui fait signe de descendre. Elle se glisse sur le siège, embraye en première et dit à Hélène :

— À ton tour. Démarre en première.

Nicole et elle font le tour de la camionnette et

montent de l'autre côté. Hélène démarre. Elle s'éloigne de la chaîne de trottoir sans difficulté et rit triomphalement.

— Tu vois bien que je sais conduire les vieilles voitures, lance-t-elle.

— Ne te réjouis pas trop vite, rétorque Sam.

Comme elles prennent de la vitesse, Hélène essaie de passer en deuxième, mais le levier de changement de vitesse bloque et le moteur s'emballe au point mort quand elle appuie sur l'accélérateur. Le véhicule finit par s'arrêter, pendant qu'elle essaie toujours de faire bouger le levier récalcitrant. Le moteur cale de nouveau en toussotant.

— Je vous l'ai dit qu'elle était à l'épreuve des voleurs, dit Sam en réclamant sa place derrière le volant. Si on ne change pas de vitesse correctement, le levier se coince. Parfois ça m'arrive à moi aussi quand je ne fais pas attention. Un de ces jours, ça va casser et on devra s'en débarrasser.

Nicole est incrédule.

— Tu veux dire que tu te promènes avec cette guimbarde qui peut te lâcher n'importe quand? Et que ferais-tu si tu te retrouvais coincée dans la montagne?

— Je redescendrais à pied, répond Sam. C'est pourquoi je dis toujours à quelqu'un où je vais. Enfin... presque toujours, rectifie-t-elle en songeant à sa malheureuse randonnée dans la voiture de Tim.

Elle regrette de n'avoir pas eu l'occasion plus

tôt de mieux connaître Nicole et Hélène. Ses soupçons se sont envolés et elle ne se fâche même pas quand Nicole la taquine à propos de Tim.

— Et toi, comment ça va avec Dave ? lui demande-t-elle.

— Je suis sur le point de le laisser tomber, répond Nicole. Quand je sors avec un garçon, j'aime avoir du plaisir avec lui, mais la plupart du temps, Dave n'est même pas là. Et quand il s'occupe de moi, il est trop ombrageux. Je ne sais pas ce qu'il a, mais il manque d'enthousiasme.

— C'est dangereux, la cascade à cheval, intervient Hélène. Il passe son temps à vérifier le matériel et à s'assurer qu'il est sans danger. Je pense que Dave souhaite devenir chef cascadeur un jour.

— Je veux bien, mais en dehors du plateau, il pourrait se détendre.

— C'est comme Tim, ajoute Samantha. Il ne joue pas quand les caméras ne tournent pas.

— Ne mise pas trop là-dessus, dit Hélène d'une voix unie. Il le fait depuis si longtemps qu'il ne s'en rend même plus compte.

— Qu'est-ce que tu veux dire ? demande Sam.

Il y a un long silence, au point qu'elle se demande si Hélène parlera de nouveau avant d'arriver au ranch. Elle lui dit enfin :

— Tu penses que Tim est amoureux de toi, pas vrai ? C'est bien ce que je veux dire. Il joue un rôle encore une fois et il n'en est probablement pas conscient.

Les doutes que Sam nourrissait à l'égard d'Hélène refont surface.

— Vous savez, je commence à en avoir assez que tout le monde me mette en garde contre Tim. Parce que c'est un acteur, personne ne veut croire qu'il a des sentiments pour moi.

— Là n'est pas la question, l'interrompt Hélène. Ce n'est pas parce que c'est un acteur, c'est parce que c'est Tim Rafferty.

Sam la regarde, puis se concentre de nouveau sur la route.

— Ce que tu dis est méchant, dit-elle.

La journée est soudain gâchée.

— Je suis désolée, dit calmement Hélène. Je ne veux pas être méchante. J'ai beaucoup apprécié la journée et j'en ai assez de faire semblant et de me cacher. Je connaissais Tim avant le tournage. Je l'ai connu quand je vivais encore dans le Montana.

Sam serre tellement le volant que la camionnette dévie légèrement. Sans quitter la route des yeux, elle demande :

— Qu'est-ce que ç'a à voir avec ce que tu viens de dire ? Et pourquoi n'as-tu rien dit avant ?

Assise à côté d'Hélène, Nicole est silencieuse. Hélène inspire profondément avant de répondre.

— Je crois que tu peux le deviner. Tim était en tournage à St. Johns. Je suis tombée amoureuse de lui presque instantanément, et lui aussi de son côté. Ce qui se passe, avec Tim, c'est qu'il joue depuis si longtemps qu'il croit lui-même à ses sentiments.

Chaque fois qu'il est amoureux, il est sincère. Malheureusement, ça ne dure pas.

Après une courte pause, elle enchaîne :

— Il a cessé de m'écrire et, peu de temps après, ma mère a eu une offre d'emploi à Los Angeles. Rendue là-bas, je l'ai appelé. C'est comme s'il n'avait jamais entendu parler de moi. Il était très embarrassé, parce que c'était sûrement la première fois qu'une fille qu'il a laissé tomber le rappelait.

— Pourquoi as-tu accepté le rôle dans *Vent d'Ouest* ? demande Sam. Est-ce que tu lui cours encore après ?

En posant la question, elle se rend compte qu'elle est injuste puisque Hélène n'a jamais couru après Tim. Mais elle est en colère. Malgré la pénombre de la cabine, elle voit Hélène secouer la tête.

— Non. Comme je te l'ai dit, on m'a appelée. J'avais déjà travaillé avec Dave et il a demandé à Rick Moore, le chef cascadeur, de m'engager. Je ne pense pas que Dave savait, pour Tim et moi. Quand j'ai appris que Tim était la vedette du film, j'ai voulu refuser, mais c'était un trop bon contrat pour le laisser passer. J'en ai parlé à Dave, puis j'ai appelé Tim pour lui dire que je ferais partie du tournage et lui demander de me laisser tranquille. Je pense qu'il l'aurait fait de toute façon.

— J'avais deviné juste, dit doucement Nicole. J'étais certaine que quelque chose ennuyait Tim, et il ne t'adresse pratiquement jamais la parole. Et ta timidité me paraissait louche. Même si en tant que doublure tu n'as pas de texte à dire, la caméra est sur toi.

— Vous connaissez l'histoire, dit en terminant Hélène. Tu as été gentille avec moi, Sam, et je ne veux pas que tu aies mal. Je pense que tu devrais laisser tomber Tim avant qu'il ne te laisse tomber. Tu as déjà Paul et c'est un gars super. Autrement, c'est sûr que tu vas souffrir.

Sam ne répond pas. Elle veut reparler à Tim de la lettre. Peut-être qu'Hélène en est l'auteure sans pour autant être responsable des accidents. Et peut-être que Tim le pense aussi et que c'est pour cette raison qu'il hésite à en parler au shérif McBride.

C'est le silence total dans la camionnette et Sam décide d'ouvrir la radio. Mais elles sont en montagne et la réception du poste de Tucson est mauvaise. Elle joue avec le cadran à la recherche d'une autre station, mais finit par abandonner, et le silence demeure. Il est rompu au bout d'un quart d'heure par la voix d'Hélène.

— Sam, je suis désolée. Tu vois pourquoi je n'ai rien dit ? Je savais que tu serais fâchée. Mais je ne peux pas te regarder faire les mêmes erreurs que moi sans rien dire.

— Sam, intervient Nicole, je t'ai dit que j'étais déjà sortie avec Tim. C'est un garçon adorable et il ne veut faire de mal à personne, j'en suis sûre. Un journaliste à potins a déjà écrit de lui qu'il portait malheur aux filles de qui il tombait amoureux. C'était apparemment relié au fait qu'une fille est morte à cause de lui. Alors ne blâme pas Hélène pour ce qu'elle t'a raconté.

— Et les lettres?

— Quelles lettres? demande Nicole, intriguée. Hélène ne dit rien.

— Ce matin, j'ai trouvé une note dans laquelle on me conseillait de rester loin de Tim, répond Sam sans quitter la route des yeux.

— Ce n'est pas moi qui l'ai écrite, dit Hélène d'une voix calme. Beaucoup de gens connaissent Tim. Je crois que c'est un bon conseil, mais je n'y suis pour rien.

— Je n'accuse personne, dit Sam d'une voix qu'elle essaie de garder le plus calme possible. Je vais parler à Tim. Vous avez tort à propos de lui. De toute façon, ça m'est égal, parce que je l'aime.

Elle avait bien pris soin d'éviter ce mot jusqu'à présent, même dans ses pensées. C'est un mot si chargé de sens. Mais maintenant, c'est fait, elle l'a dit. Elle est amoureuse de Tim Rafferty.

Quand Lizard Peak est en vue, Sam entrevoit des lumières blanches sur le flanc de la montagne. Elle se demande d'abord ce que c'est, puis comprend aussitôt qu'il s'agit des réflecteurs pour le tournage.

— Tiens, ils ont pris du retard, dit Nicole d'une voix normale, comme si la conversation précédente n'avait pas eu lieu. Ils devaient finir à vingt-deux heures.

Sam regarde sa montre, mais elle ne distingue pas l'heure.

— Quelle heure est-il ? demande-t-elle.

— Vingt-deux heures trente, répond Hélène, la voix hésitante.

— Heureusement que je n'ai pas à tourner là-haut, dit Nicole. Je n'aimerais pas être obligée de rouler sur cette route la nuit. Quand on aura filmé les scènes de montagne, ce sera presque terminé.

Sam éprouve un serrement au cœur en songeant à la fin prochaine du tournage. C'est une autre chose dont elle veut discuter avec Tim.

Elles poursuivent leur route, puis Hélène demande d'une voix mal assurée :

— Qu'est-ce que c'est que cette lumière rouge qu'on aperçoit près du lieu de tournage ?

Sam regarde de nouveau la montagne et s'arrête après un léger dérapage. Elle observe pendant un moment, pour être bien sûre de ce qu'elle voit, puis elle redémarre si brusquement que ses deux compagnes sont projetées contre le siège. Elle appuie sur l'accélérateur, heureuse de n'être pas loin du ranch. La camionnette rebondit dans les nids de poule et Sam rage entre ses dents.

— Qu'y a-t-il, Sam ? lui demande Nicole.

— Le feu ! répond-elle laconiquement en poussant à fond l'accélérateur.

Chapitre 10

Sam ouvre la portière avant même de couper le contact. Sans se soucier de retirer la clef, elle part en courant vers la maison, qui est encore éclairée à l'arrière. Pour une fois, elle est heureuse que sa mère l'attende toujours avant d'aller au lit. Nicole et Hélène sont sur ses talons. Sa mère sort de la cuisine en bâillant.

— Eh bien, Sam ! Il est presque vingt-trois heures. Tu rentres un peu tard, non ?

— Maman, il y a un feu sur le plateau Lee. Ont-ils une radio, là-haut ?

Madame Phillips se réveille abruptement. Elle envoie Sam chercher son père et se dirige vers la radio principale dans le coin de la pièce. Jack Phillips a insisté pour que l'équipe prenne toujours une radio du ranch lorsqu'elle filme loin de la maison. Son insistance va peut-être sauver des vies.

En peu de temps, ils ont un tableau de la situation, qui n'est pas reluisante. Le tournage vient de se terminer. Des voitures ont déjà pris la route et ont dû rebrousser chemin à cause d'un feu de broussailles. Des douzaines de personnes sont prises au piège, car il n'y a pas d'autre moyen de quitter le plateau.

Après avoir joint l'équipe par radio, madame Phillips appelle quelques-uns des ranchs voisins. En temps normal, on ne combat pas les feux de broussailles dans les hautes terres. On se contente de les surveiller. Mais on ne peut pas ignorer celui-ci. Les propriétaires de ranch ont de l'équipement pour lutter contre les incendies et ils sauront bientôt si c'est suffisant.

Paul et son père sont les premiers arrivés, puisque leur ranch est le plus près. Ils arrivent juste comme Jack finit de remplir le camion-citerne. Sam sort les pompes portatives dorsales et les remplit d'eau. Paul la rejoint et lance dans la vieille camionnette ses pelles et ses gants de travail. Ils ont déjà combattu un feu ensemble, quand les flammes menaçaient le ranch des Curtis.

Quand ils prennent la direction de la montagne, moins d'une demi-heure après qu'Hélène a détecté le feu, tout est déjà organisé. Sylvie et Jack sont dans le camion-citerne, qu'ils approcheront le plus près possible des flammes. Sam et Paul les suivent en cahotant dans la camionnette de Sam. D'autres suivront avec leurs propres outils.

Madame Phillips coordonne l'action depuis la radio du ranch. Avant de partir, Sam a pris un récepteur-émetteur et, comme son père en a un aussi dans le camion-citerne, ils peuvent rester en contact. La communication est essentielle pendant un incendie. La mère de Sam demande par radio aux gens coincés au-dessus des flammes de creuser des tranchées pare-feu. La suggestion est bonne, sauf qu'ils n'ont pas l'équipement pour le faire.

Sam est surprise de constater qu'Hélène est montée avec eux dans la camionnette. Elle n'est pas sûre que la cascadeuse ait sa place ici, mais on a besoin de tous les bras valides. Elle garde ses soupçons pour elle-même. Même si elle avait causé les autres accidents, Hélène n'a certainement rien à voir avec le feu puisque Sam vient de passer la journée avec elle et Nicole. Quant à Paul, elle sait qu'il n'allumerait jamais d'incendie de forêt, sachant à quel point les risques sont grands. Les feux non circonscrits peuvent dégénérer et raser des milliers d'hectares et des ranchs entiers.

Quand ils arrivent sur les lieux de l'incendie, Sam gare la camionnette et ils se précipitent à l'extérieur. Paul aide Hélène à installer une pompe sur ses épaules et lui en explique le fonctionnement, pendant que Sam s'en fixe une sur le dos. L'appareil est lourd, mais il s'allégera vite, malheureusement, à mesure que l'eau s'épuisera. Ils s'attaquent d'abord aux flammes en bordure de la route. C'est là qu'il faut agir en premier.

Hélène manie la pompe et reste surprise par la puissance du jet d'eau projeté et la distance qu'il atteint.

— Va doucement, sans quoi tes bras vont se fatiguer très vite, lui conseille Paul. J'ouvre la voie de ce côté. Sam, tu me suis ?

Elle s'approche à environ six mètres de l'incendie, tenant la lance d'arrosage dans la main gauche. De la main droite, elle pompe vigoureusement. L'eau jaillit sur le feu. Paul fait la même chose à sa gauche. De l'autre côté de la route, le camion-citerne est à l'œuvre : pendant que Sylvie actionne la pompe électrique, Jack manie le tuyau d'incendie.

— Faites durer l'eau ! crie-t-il par-dessus le crépitement des flammes. Ce sera trop long de retourner faire le plein. Si on réussit à passer à travers, on pourra faire sortir tout le monde.

Ils attaquent l'incendie pas à pas. Le feu ne se répand pas trop vite et ils ont de fortes chances de le traverser en longeant la route. Le vent est tombé et, la nuit, avec l'air frais qui descend des sommets vers les vallées, le feu descend plutôt que de monter. D'autres arrivent et se mettent au travail derrière eux, couvrant les braises de terre pour s'assurer que le feu est bien éteint.

La chaleur est intense et Samantha a les yeux irrités par la fumée. Elle braque sa lance d'arrosage sur un bosquet de mesquites enchevêtrés et est enveloppée d'une fumée dense et étouffante. Hélène tousse derrière elle, tout en essayant de pointer son jet sur les broussailles. Sam cligne des yeux pour tenter d'en chasser les larmes et continue d'avancer. Une branche carbonisée glisse sous son pied et la fait trébucher. Elle parvient à rester debout et arrose la branche. Mieux vaut patauger dans la boue que de marcher sur les braises.

Le groupe avance petit à petit. Il est mené par les pompes dorsales à droite et le tuyau d'incendie tenu par Jack à gauche. Derrière, les ouvriers munis d'outils à main suivent et s'assurent qu'il ne subsiste pas de petits feux prêts à se rallumer après leur passage.

Sam a les bras endoloris et les poumons irrités par la fumée âcre. Mais l'incendie ne couvre pas une grande superficie et on en aperçoit la fin. Hélène est à court d'eau et elle retourne en titubant vers l'arrière, quelques minutes à peine avant que Paul perce une brèche et se retrouve de l'autre côté de la bande de feu, dans la zone dévastée.

Une fois la route dégagée, l'équipe de tournage est en sécurité. Le feu continue de brûler librement de chaque côté de la route. Il couvre une vingtaine d'hectares et continue de progresser horizontalement sur le flanc de la montagne plutôt que vers le haut ou le bas. Ils n'ont eu qu'à se frayer un chemin sur une distance d'environ cinquante mètres dans l'incendie.

De l'autre côté, des techniciens de l'équipe attendaient dans une Jeep. En voyant surgir les sauveteurs, ils les ont acclamés et sont venus à leur rencontre. Après avoir échangé quelques mots avec Jack, l'un d'eux est retourné sur le plateau annoncer la bonne nouvelle et rassembler quelques pompiers volontaires. Le plus difficile reste à faire, c'est-à-dire creuser d'autres tranchées coupe-feu, car le feu risque toujours de tourner et de balayer le plateau, empêchant les gros camions de prendre la route. Un épaulement rocheux protège un côté du plateau et un coupe-feu de l'autre côté mettrait fin à la menace. Sylvie, en compagnie d'Hélène, redescend de la montagne pour remplir le camion-citerne.

Tim et John sont dans le premier camion qui revient du plateau. Ils s'arrêtent en bordure de la route et sortent sans couper le moteur ni éteindre les phares. John regarde le sol noirci, puis lève les yeux vers la gauche, où les flammes consument de nouvelles broussailles. Il se dirige ensuite vers le petit groupe épuisé qui combat sans relâche. Tim le suit à pas lents.

La lune s'est levée et un croissant apparaît, qui jette peu de lumière. Assez, toutefois, pour voir les traînées de suie et de saleté qui maculent les visages des pompiers, les yeux rougis et les traces de larmes qui trahissent leur fatigue.

Tim rejoint Sam et Paul. Sans s'occuper de la présence de ce dernier, ni de la sueur et de la saleté dont Sam est couverte, il l'attire à lui et la serre dans ses bras. Sam est trop consciente du regard de Paul pour répondre à son baiser et elle se dégage au bout d'un moment.

Le regard de Tim rencontre celui de Paul.

— Merci d'avoir contribué à nous sortir de là, lui dit-il.

— Vous ne couriez aucun danger, rétorque Paul.

Il parle avec brusquerie et Sam en déduit qu'il ne veut pas de la gratitude de Tim.

— Tu veux dire qu'ils n'étaient pas en aussi grand danger qu'ils auraient pu l'être, le corrige-t-elle. Un incendie est toujours dangereux, surtout quand les broussailles sont aussi sèches qu'en cette période de l'année. Si nous n'avions pas dégagé la route, peut-être qu'ils auraient pu sortir au matin, mais si le feu avait tourné ou si le vent s'était levé...

— Que va-t-il advenir du feu, maintenant ? demande Tim.

— Nous reprenons le travail, répond Paul. Nous devons creuser un autre coupe-feu.

Derrière Tim, Jack leur fait signe d'approcher. Quand ils le rejoignent, celui-ci propose à Sam et à Paul de redescendre avec l'équipe de tournage.

— Vous êtes sur la ligne de combat depuis le début et vous avez bien travaillé, leur dit-il. Nous n'allons pas tenter d'éteindre tout l'incendie, mais simplement essayer de faire en sorte qu'il n'atteigne pas le plateau. L'équipe de Pat vient tout juste d'arriver et elle peut creuser la tranchée. Vous avez fait votre part.

La suggestion fait prendre conscience à Sam à quel point elle est fatiguée. Tous ses muscles sont endoloris et elle a terriblement envie d'une douche pour débarrasser ses yeux et ses cheveux de la fumée.

— Merci, papa. Je crois que nous allons accepter.

Elle donne à son père un rapide baiser sur une joue qui a goût de fumée, puis tangue un peu tant elle est fatiguée. La camionnette est à près d'un demi-kilomètre.

Paul la retient par le bras et lui demande :

— Veux-tu que j'aille chercher la camionnette ?

Elle bâille et secoue la tête.

— Non, ça va aller. Mais je vais te laisser conduire. Mes yeux ne cessent de larmoyer.

À la vérité, c'est surtout qu'elle a du mal à garder les yeux ouverts. Elle fait quelques pas puis se rend compte que Tim est toujours là.

— Tu veux venir avec nous, Tim ? lui demande-t-elle.

Elle espère qu'il acceptera. Même si elle a travaillé toute la soirée aux côtés de Paul pour éteindre le feu, elle n'a pas envie de rester seule avec lui. Il va sûrement la bombarder de questions, et elle est trop fatiguée pour y répondre.

Tim accepte en observant Paul du coin de l'œil. Celui-ci ne répond pas et ils se mettent tous les trois en route sur la pente abrupte en direction de la camionnette.

— Après avoir fait un coupe-feu, que feront-ils ? demande Tim.

Samantha hausse les épaules.

— Le feu va s'éteindre de lui-même. Mon père va le surveiller, comme il le fait toujours. Même quand on laisse un feu brûler, on le surveille. Vous devriez pouvoir remonter demain ou après-demain au plus tard.

— Tant mieux. Nous avons pris du retard.

C'est la première fois depuis des heures que Sam se voit rappeler que la fin du tournage et le départ de Tim sont proches. Mais pour l'instant, elle est trop éreintée pour penser à autre chose qu'à une douche et à son lit.

Au matin, le feu s'est éteint de lui-même. Il a couvert une soixantaine d'hectares, ce qui en fait un feu de broussailles de taille moyenne. La trace noire en bordure de Lizard Peak est très visible, mais elle sera de nouveau couverte de végétation dès le début de la mousson. Les feux naturels sont excellents pour les pâturages. Ils tuent la végétation morte.

Le lendemain du feu, le tournage commence tard, mais mieux vaut tard que jamais, comme le fait remarquer John, venu saluer les Phillips et discuter un moment avec Jack de l'ampleur des dégâts. La compagnie cinématographique paiera les frais de la lutte contre l'incendie, puisque sans la présence de l'équipe sur le plateau, on ne s'en serait pas occupé. Les dépenses ne sont pas très élevées. Simplement de l'eau et du pompage.

Quelques-uns des pompiers volontaires ont subi de légères brûlures, mais la blessure la plus grave ne s'est pas produite parmi eux. Après le départ de Sam, Mick s'est arrêté pour discuter avec les gens qui combattaient le feu. Le clair de lune et le terrain accidenté n'étant pas une bonne combinaison, il a trébuché et est tombé sur les genoux et les mains. L'incident en soi n'aurait pas été grave, si ce n'est qu'il est tombé sur une branche de yucca toujours en combustion et qu'il s'est vilainement brûlé la main droite.

Plus tard dans la journée, Jack et Sam vont vérifier à l'aide de l'ultraléger s'il reste des points chauds. Une personne aurait suffi, mais Sam avait envie d'accompagner son père parce qu'elle aime se promener dans le biplace. Ils volent très bas au-dessus du plateau, ce qui lui permet de faire un signe de la main à Tim. Même à une soixantaine de mètres de hauteur, elle peut voir son sourire lorsqu'il lui fait signe en retour.

Ce soir-là, lorsqu'elle va porter le souper sur le plateau, Tim vient la retrouver dans la cantine ambulante.

— Ç'a l'air amusant, dit-il en attrapant une poignée de tortillas, mais je n'arrive pas à me faire à l'idée qu'un propriétaire de ranch utilise un avion plutôt qu'un cheval ou un véhicule tout terrain.

— Papa était dans l'armée de l'air au Vietnam et il a volé une bonne partie de sa vie. Les ultralégers sont pratiques, mais la plupart des éleveurs n'y pensent tout simplement pas. Évidemment, ils n'ont pas tous autant de terres en milieu accidenté que nous. La moitié de nos terres ne sont pas praticables en camion. On s'y promène donc à cheval, à pied ou du haut des airs. Et avec un ultraléger, on peut voler assez près du sol pour voir ce qui s'y passe.

— Ne mens pas. C'est sans doute pratique, mais c'est amusant aussi.

— Je ne le nie pas, avoue Sam en riant.

— Tu pourrais me faire faire un tour? Je ne suis jamais monté dans un ultraléger.

— Je vais le demander à mon père, mais n'en parle pas trop, sinon la moitié de la production voudra faire un tour! Et n'en parle pas à John.

— Ouais. Il me dirait de laisser Dave y aller à ma place. Je ne peux pas le blâmer, mais j'en ai assez de le voir jouer à la mère poule. Dis donc, que se passe-t-il entre ta tante et lui? On dirait que c'est sérieux.

— Ça l'est. Ils ne veulent pas l'annoncer tout de suite, mais ils vont se marier dès que le film sera terminé.

Sam a appris la nouvelle le matin même de la bouche de sa tante Sylvie. Elle n'en a pas été surprise; ils semblent faits l'un pour l'autre.

— John a du goût, dit Tim.

Il la prend par la taille et, de sa main libre, tourne son visage vers lui.

— Et moi aussi, bien sûr.

Il lui prend le menton et se penche pour l'embrasser.

Beaucoup plus tard, après le repas et le nettoyage, et après que la noirceur a envahi de nouveau la montagne, Sam pense toujours à ce baiser. Bientôt, sa tante Sylvie s'en ira vivre à Los Angeles avec John. Elle est libre de faire ce qu'elle veut et d'aller où elle veut, comme John. Sam a toujours une année d'études devant elle. Et même si elle était aussi libre que sa tante, elle ne sait pas ce que veut Tim. Elle n'est même pas sûre de ce qu'elle veut elle-même.

Chapitre 11

C'est à contrecœur que le père de Sam lui donne la permission d'amener Tim dans l'ultraléger. Elle attend le jeune acteur après sa journée de tournage, mais comme il tarde, elle lui laisse un mot sur la porte de sa roulotte, l'invitant pour le lendemain.

Tim est prêt tôt le matin. Un arrêt est prévu dans le tournage, de sorte qu'il est en congé toute la journée. Le temps est parfait pour voler. L'air se réchauffe vite, la brise est légère et il n'y a pas de vents forts. Sam l'emmène jusqu'au hangar et ils poussent le biplace à l'extérieur. Voyant l'avion pour la première fois de si près, Tim a quelques doutes sur sa solidité.

— Qu'est-ce que tu racontes! C'est probablement l'avion le plus solide jamais construit, lui assure Samantha. Tu n'as même pas besoin d'un brevet pour le piloter.

— Vraiment?

Tim ne semble pas convaincu.

— Tu vas voir, lui promet-elle en lui montrant

les différents dispositifs de sécurité, tous aussi simples que l'avion lui-même.

Lorsque Tim lui demande si l'appareil est muni de parachutes, elle secoue la tête.

— Je ne suis pas sûre qu'on pourrait sauter en parachute de ce type d'avion et je ne pense pas que ce serait sécuritaire de le faire. Il y a un parachute pour l'appareil. Tu vois le truc, là ?

Elle lui montre un objet retenu sous les sièges, qui ressemble à une grosse fusée.

— C'est le parachute balistique. Si je dois l'utiliser, il est propulsé de côté, de sorte qu'il évite les appuis verticaux, et reste attaché ici. Le parachute glisse le long de ce câble, et on flotte là-dessus jusqu'en bas.

Tim y regarde de plus près.

— Impressionnant, dit-il. Et plutôt inquiétant, non ? Tu l'as déjà utilisé ?

— Jamais. C'est strictement en cas d'urgence. Et encore ! Il faut que ce soit un cas de force majeure. Par exemple, si l'appareil tombait en morceaux en plein vol, ou quelque chose du genre. Ça n'arrivera pas. Ces engins sont très sécuritaires, Tim. Autrement, mon père ne me laisserait pas voler seule.

— Très bien. Je vais te croire sur parole. Alors, on y va, oui ou non ?

Ils s'installent dans les sièges placés côte à côte plutôt que l'un derrière l'autre et attachent leur ceinture de sécurité. En un rien de temps, ils se retrouvent en plein ciel. Malgré le bruit assourdissant du moteur, ils éprouvent un sentiment de paix et d'insouciance. Ils volent assez bas et assez lentement pour voir tout ce qu'il y a au sol. Pour Sam, c'est ce qui ressemble le plus à la sensation d'être un oiseau. Elle repense au faucon que Tim et elle ont observé de la crête, quelques semaines auparavant. Si elle l'apercevait, elle essaierait de le survoler en rond, comme un épervier.

Ils montent au-dessus du plateau Lee, d'où elle montre à Tim les terres roussies par le feu. Il est plus détendu et s'amuse vraiment. Elle fait un second tour pour mieux voir, lorsque soudain le moteur toussote et s'éteint. Dans le silence inattendu, Tim fait remarquer :

— Sécuritaire, dis-tu ?

Il essaie de paraître désinvolte, mais il serre les bords de son siège au point qu'il en a les jointures blanches.

— Ça m'est déjà arrivé, le rassure Samantha. C'est sans doute la conduite de carburant qui est obstruée.

Elle fait un virage sur l'aile et sent le léger frémissement qui lui indique qu'elle a attrapé un courant thermique. Elle laisse aller son souffle, qu'elle retenait sans s'en rendre compte.

— Tu trouves que c'est sécuritaire quand le moteur flanche ?

Tim a toujours l'air inquiet, mais il relâche un peu son étreinte sur le siège. Ses jointures ne sont plus exsangues.

— C'est conçu comme un planeur, dit-elle. En fait, c'est foncièrement un planeur. Quand le moteur cale, on n'a qu'à se laisser porter par les courants aériens et les courants thermiques. C'est d'ailleurs exactement ce que l'on est en train de faire. As-tu l'impression qu'on tombe ?

La question est bien inutile puisque, en réalité, ils gagnent de l'altitude. Le courant qui s'élève jusqu'au plateau Lee les transporte plus haut. L'air est réchauffé par le sol au-dessous, lui-même réchauffé par le soleil d'été de l'Arizona. Il en résulte un fort courant ascendant qui peut les entraîner indéfiniment, d'un courant thermique à un autre. Sam fait tourner le petit aéronef en direction du ranch. Inutile d'atterrir à des kilomètres de la maison et de devoir rentrer à pied.

Sans le bruit strident du moteur, la conversation est plus facile. Tim se détend de nouveau et apprécie la vue à vol d'oiseau qu'il a sur le monde. Sam attire son attention sur un troupeau de bétail, lui faisant voir le côté pratique de l'ultraléger pour surveiller les pâturages en terrain accidenté. On ne peut vraiment pas comprendre tant qu'on n'a pas vu de ses yeux tout ce qu'il y a à voir du haut du ciel.

Comme tout semble être rentré dans l'ordre, elle les ramène près du ranch et réduit l'altitude. Les courants atmosphériques sont moins fiables par ici et des remous risquent de provoquer un atterrissage brusque. Elle espère pouvoir les poser dans le

champ où Brindille est en train de paître paisible-
ment. Elle tourne dans cette direction ; l'appareil a
une drôle de réaction.

En tentant d'atterrir en vol plané, elle constate
que ça ne va pas du tout. Les volets ne fonctionnent
pas ! Elle y jette un coup d'œil pendant qu'ils
dépassent le pâturage. Mécontente, elle fait un
virage sur l'aile et revient dans la même trajectoire.
Le pâturage n'est pas une piste, mais il a l'avantage
d'être dégagé et dépourvu de broussailles, et
l'atterrissage y serait plus sûr qu'ailleurs.

Tim voit son inquiétude.

— Qu'est-ce qui se passe ? As-tu d'autres
ennuis ?

Il reste calme ; c'est tout ce qu'il peut faire pour
l'aider.

— Les volets sont coincés, répond Samantha.

L'ultraléger est muni de volets à l'arrière, mais
les volets principaux sur les ailes sont bloqués.

— La partie mobile à l'arrière des ailes. Tu les
vois ? Il faut que ces volets soient levés pour que je
puisse atterrir, et ils ne veulent pas bouger.

Elle touche de nouveau les manettes, mais c'est
peine perdue. Rien ne se produit.

— Peux-tu nous poser ? demande-t-il brièvement.

— Je vais descendre le plus bas possible, puis
essayer de décrocher.

Tout en parlant, elle survole de nouveau en rond
le pâturage. Elle tente de se rapprocher le plus près
du sol avant de tenter la manœuvre difficile.

— Si nous avons de la chance et que je m'y prends bien, nous devrions nous poser à plat plutôt que de piquer du nez. De toute façon, ce truc n'a pas vraiment de nez. Nous sommes sans protection.

Elle a maintes fois entendu son père décrire un décrochage, mais elle n'en a jamais exécuté elle-même. Tim reste coi, la laissant se concentrer sur sa manœuvre. Les rôles sont inversés par rapport à l'accident du Bronco. Dans ce cas-là, Samantha ne pouvait rien faire. Maintenant, c'est Tim qui est impuissant. Il garde les yeux ouverts pendant qu'ils virent sans cesse, en descendant toujours.

Elle atteint finalement une altitude au-dessous de laquelle elle n'oserait pas descendre. Un ultra-léger peut se poser aussi délicatement qu'une feuille d'automne, mais il peut aussi s'écraser et tuer ses passagers. Elle chasse de telles pensées et se répète à quel point les ultralégers sont sécuritaires. Ce n'est tout de même pas comme si elle essayait de poser en catastrophe un 747 ! Elle se concentre sur les manœuvres d'atterrissage, puis tourne face au vent.

— Croise les doigts et ne bouge pas, dit-elle à Tim.

Elle survole le pâturage une dernière fois.

Elle attend, puis ouvre les volets de queue, ce qui a pour effet de faire baisser celle-ci. Leur mouvement en avant est ainsi freiné et ils descendent doucement vers le sol. Ils sont presque arrivés lorsqu'un coup de vent les soulève. Pendant un instant, ils ne voient qu'un kaléidoscope de sol, de ciel et de peupliers lointains, jusqu'au moment où ils s'écrasent au sol.

Ils restent pratiquement suspendus sur le côté un moment, puis l'appareil se balance sur le côté gauche et enfin, avec un bruit fracassant, il revient au centre et tombe sur le train d'atterrissage à demi fléchi.

Sam cherche à tâtons la boucle de sa ceinture de sécurité. Tim détache la sienne et se glisse à l'extérieur de l'appareil en ruine.

— Je pense que toi comme moi, on aurait besoin d'améliorer nos atterrissages, dit-il en tremblant. Tu as démoli cet appareil à peu près comme j'ai démoli le Bronco.

Sam se redresse, savourant le plaisir de se retrouver sur le plancher des vaches.

— Mon père dit toujours que tout atterrissage qui te permet d'en sortir sur tes deux pieds est un bon atterrissage. Alors on peut dire que celui-ci était bon.

Tim la retient, voyant que ses genoux flanchent et qu'elle se met à trembler. L'ultraléger ressemble à un papillon d'aluminium aux ailes froissées, mais ils sont bel et bien sur la terre ferme.

— On peut dire qu'on a eu de la chance, Tim, fait remarquer Samantha. Mais qu'est-ce qui se passe?

— Si seulement je le savais! Tous ces accidents...

— Accidents ? l'interrompt-elle. Mais on essaie de nous tuer, Tim ! Je veux savoir de qui il s'agit et je veux savoir pourquoi.

Tim la regarde, puis baisse les yeux et secoue la tête.

— Je ne sais pas.

Elle s'écarte un peu de lui. Ignorant ce qui se passe, elle ne sait plus à qui elle doit faire confiance.

— Eh bien ! Tu ferais mieux de trouver ! ordonne-t-elle. Parce que je n'ai pas envie de mourir, et je ne veux pas que tu meures non plus.

L'équipe de film est à l'œuvre tôt, le lendemain. L'horaire prévoit le tournage de scènes sur la falaise et John manifeste son intention de ne pas prendre plus d'une journée. En production cinématographique, on a l'habitude des journées de douze heures, mais celle-ci s'annonce encore plus longue.

Tous les membres de l'équipe qui travaillent sur les falaises doivent porter un équipement de protection. Étant donné le nombre d'accidents survenus depuis les débuts du tournage, c'est certes plus prudent.

Tim est sûr que les accidents ne visent que lui, mais il n'a aucun moyen de le prouver. Comme Sam l'avait soupçonné, la conduite de carburant de l'ultraléger était obstruée. Par ailleurs, elle a vite compris pourquoi les volets n'ont pas fonctionné.

Ils sont retenus aux ailes par une simple charnière, et la bague de métal qui s'ajuste au bout de la tige et la tient en place était absente. La tige était donc sortie graduellement, bloquant les volets. Cela pourrait être dû à l'usure du métal ou à une foule d'autres raisons. Comme Sam avait laissé une note sur la porte de la roulotte de Tim pour l'inviter à aller voler, n'importe qui a pu la lire.

Tim a reçu hier un appel du garage à propos de son véhicule. On lui a appris que la valve pour la purge des freins est demeurée ouverte, mais rien ne prouve que cela ait été fait délibérément. La négligence d'un mécanicien pourrait en être la cause. Quant à la gourmette, elle a pu se briser d'elle-même; c'est une chose qui se produit souvent. Le loquet qui fermait le box du taureau était coincé et cela arrive parfois. Tim n'a aucun moyen de prouver que tous ces incidents ne sont pas fortuits.

Tim a peur pour lui et il a peur pour Sam. La personne qui lui en veut savait sûrement que Sam piloterait l'ultraléger. C'est dire que le meurtrier tient tellement à voir mourir Tim que peu lui importe de risquer la vie d'une autre personne. Et Tim ne veut pas mourir, pas plus qu'il ne veut voir mourir Samantha ni personne d'autre. Est-ce à cause de lui que Walter est mort? Il refuse d'y croire, mais cette pensée lui vient parfois. S'il avait parlé à John Ryder de la lettre dès que les premiers accidents se sont produits, peut-être qu'on aurait pu les empêcher.

Ce qui l'ennuie le plus, c'est de ne pas savoir de qui il s'agit. Il se demande si Nicole pourrait être l'auteure de la lettre. Ils s'entendent bien depuis le début du tournage, mais elle a été plutôt méchante lorsqu'ils ont rompu. Et il continue de se méfier d'Hélène. Plus il y pense, plus il croit qu'elle aurait pu modifier son écriture pour rédiger la note. Si elle est assez habile pour saboter une voiture et un ultraléger, elle est certainement capable de fabriquer une note.

Rien ne prouve cependant qu'il y ait un lien entre la note et les accidents. C'est toujours la même chose : il n'y a pas de preuves. Après l'accident du Bronco, le shérif a interrogé Tim à plusieurs reprises. McBride semble toujours croire qu'il s'agit d'un coup publicitaire. Comme si Tim allait risquer sa vie et celle de Sam pour faire la publicité du film !

Étant donné les dangers réels des scènes sur la falaise, il est heureux que John ait insisté pour que Dave le double. L'escalade rocheuse a beaucoup d'attrait, mais Tim n'a pas envie de s'y risquer pendant qu'un inconnu cherche à provoquer des accidents.

Dans le scénario, un touriste se retrouve coincé sur une corniche pendant que Jeb et Lenny font de l'escalade. Le touriste est interprété par le chef cascadeur, Rick Moore, qui est un excellent alpiniste. Tim et Mick seront filmés en gros plan sur une corniche à environ cinq mètres du sommet.

L'escalade, qu'on filmera de loin, sera exécutée par Dave et par Rick. On a installé une plate-forme pour la caméra sur une autre corniche. Comme c'est souvent le cas au cinéma, on consacre beaucoup d'énergie à une partie du scénario qui durera moins d'une vingtaine de minutes à l'écran.

Mick interpelle Tim :

— Hé, Tim ! Viens donc ici une minute.

Il a retiré sa chemise et est assis sur une grosse roche. Il se débat avec le harnais d'escalade dont il a besoin pour la scène. Comme les personnages sont censés faire de l'escalade libre, Rick a fait faire des harnais spéciaux qui seront dissimulés sous leurs vêtements. Il ne les laisserait pas travailler sans harnais, même sur la corniche. Grâce à un montage habile et à l'angle des prises de vue, les acteurs auront l'air de grimper sans cordages.

— Je n'arrive pas à ajuster ce truc, dit Mick en tirant sur une sangle. Et ces ampoules ne m'aident pas. Peux-tu me donner un coup de main ?

Tim essaie d'ajuster la courroie, mais elle refuse de bouger.

— On dirait qu'elle est bloquée, Mick. Tu ferais mieux de demander à Rick de te donner un autre harnais.

— Jamais de la vie, rétorque Mick, qui tire encore sur la courroie, puis abandonne. Si j'en parle, on va encore perdre une demi-journée de tournage et on est déjà en retard. De toute façon, le harnais fonctionne bien. Il est simplement trop serré.

Il s'assure que la corde glisse bien et bloque au besoin.

— Tu vois, la corde répond bien. C'est seulement l'ajustement qui ne va pas. Faisons un échange, veux-tu ? Tu es un peu plus petit que moi, alors ça ne devrait pas être trop ajusté pour toi.

Ils sont censés prévenir le chef cascadeur lorsque l'équipement est défectueux, mais Mick à raison. Le harnais fonctionne bien ; c'est simplement l'ajustement qui n'est pas parfait. Il a raison aussi en ce qui concerne la perte de temps. Tim sait combien d'argent coûtent les retards de production et cela le préoccupe d'autant qu'il a investi dans celle-ci. Il déboutonne sa chemise et change de harnais avec Mick. La même courroie fonctionne parfaitement sur le harnais de Tim et Mick peut sans difficulté l'ajuster à sa taille. Ils finissent de se préparer et vont regarder le tournage de la séquence de Rick.

Une fois qu'on a fini de filmer les scènes en solo, ils descendent par un sentier abrupt jusqu'à la corniche. On prend des plans généraux pour établir la scène. Encore et encore, Jeb et Lenny discutent de la façon de secourir le touriste en détresse. Encore et encore, le touriste glisse un peu plus bas. Encore et encore, les deux hommes cessent de discuter et enjambent le rebord de la corniche. Rick est recroquevillé sur une autre corniche, beaucoup plus bas.

C'est la seule partie de la scène qui nécessite vraiment le harnais de protection. Ils sont censés descendre de la corniche, comme s'ils descendaient porter secours au malheureux touriste. Après le montage, on aura l'impression qu'ils sont accrochés à la paroi de la falaise, entre ciel et terre.

Au bout de quatre prises, Mick demande une pause.

— Je n'ai vraiment pas de chance avec ces fichus équipements, aujourd'hui, marmonne-t-il en s'adressant à Tim. La corde reste accrochée.

Il tire de nouveau sur la corde.

— Prêt, dit-il.

Il s'agenouille à côté de Tim et regarde par-dessus le bord de la corniche, en position pour la prise de vue.

— Silence, s'il vous plaît, lance le second assistant, à qui d'autres voix éparses font écho.

— Silence ! Moteur, s'il vous plaît... On tourne ! Claquette... Action !

Aussitôt de retour dans son personnage, Tim entame le dialogue.

— On ne peut plus attendre ! Il risque de tomber d'un instant à l'autre.

D'en bas, la voix de Rick lance :

— Aidez-moi... s'il vous plaît.

Les machinistes déplacent les panneaux réfléchissants pendant que Mick réplique :

— Sacré touriste ! Tu as raison, Jeb, il faut le sortir de là tout de suite. Suis-moi.

Il pivote sur lui-même et se laisse glisser sur le ventre par-dessus le bord de la corniche.

Tim le suit et John crie :

— Coupez !

C'est à ce moment que l'action est censée s'arrêter, à l'endroit où ils ont déjà arrêté quatre fois. Tim remonte en se hissant à l'aide de la corde, quand il entend soudain Mick crier :

— Non...

Avant que Tim puisse dire ou faire quelque chose, Mick glisse le long de la falaise. Il descend sur une longueur d'environ cinq ou six mètres et s'arrête, son pied ayant trouvé un appui précaire sur une aspérité de la paroi.

Tim se tortille dans son harnais pour essayer de le voir. Plus haut, sur la falaise, on entend des cris et tout le monde se précipite pour trouver des cordages. Tim se hisse sur la corniche et s'accroupit pour regarder en bas. Sans s'en rendre compte, il vient de prendre la même pause qu'au début de la scène.

Mick, plaqué contre la paroi, essaie de se retenir à la surface lisse et de ne pas perdre son point d'appui. Sa main brûlée est à vif à force de se retenir à la roche rugueuse. Sans lever la tête, il lance à Tim :

— Cette scène n'était pas dans le scénario !

— Tiens bon, Mick ! crie Tim d'une voix que la peur rend cassante.

— J'essaie, mais je ne sais pas combien de temps je pourrai tenir, répond son ami avec un tremblement dans la voix.

— J'arrive! crie Dave Jeffries du haut de la falaise.

Il dévale le sentier à une vitesse effrénée, une corde à la main, et saute sur la corniche. Il s'accroupit à côté de Tim.

— Mick! Je laisse tomber une corde. Il y a une boucle au bout. Si tu peux l'attraper, on pourra te hisser.

Le visage blême, il lance la corde à Tim et lui dit d'un ton bref:

— Tu vas devoir nous aider.

Avec précaution, il laisse descendre la corde. Tim en tient le bout, prêt à tirer dès que Mick aura attrapé l'autre extrémité. Il se penche pour regarder, retenant son souffle.

La boucle atteint Mick. Elle est à quelques centimètres à côté de lui. Dave lui dit:

— Attrape la corde d'une main, Mick.

Il tend une main et réussit à saisir la boucle, qu'il tire à lui.

— Maintenant, continue Dave, passe-la par-dessus ta tête.

Mick s'écarte un peu de la paroi et essaie d'enfiler la boucle, mais laisse aller la corde un moment, la rugosité de la roche mordant sa chair à vif. Elle s'éloigne de sa main et, au même moment, son pied glisse de sa prise. Il tente de la rattraper, mais la rate et la repousse encore plus loin.

Avec un cri épouvantable, il tombe jusqu'au pied de la falaise, une soixantaine de mètres plus bas. Dave reste penché au bord de la corniche, le visage figé d'horreur. Rick descend en rappel le long de la falaise le plus vite qu'il le peut.

Mick est mort, affalé comme une vieille poupée de chiffon délaissée. John lance un appel au secours par radio, mais il n'y a plus vraiment de secours possible. Tout ce qu'il reste à faire, c'est d'aller récupérer le corps.

Lorsque Tim revient au ranch, Sam l'attend. Sa mère a reçu l'appel radio de John et les a prévenues, Sylvie et elle, avant d'appeler le shérif McBride. Dès que sa mère raccroche, Sam fait un autre appel. Aussi pénible que ça le soit, il faut prévenir Jacquie. Sam est terriblement soulagée quand elle entend au bout du fil la voix de madame McBride. Elle se sent lâche, mais elle est incapable d'annoncer la nouvelle à Jacquie. Elle l'annonce donc à madame McBride, sachant qu'elle la transmettra à sa fille avec ménagement.

En voyant arriver Tim en compagnie de John, Sam se précipite dans ses bras et reste blottie contre lui. Elle a retenu ses larmes jusqu'à présent, trop secouée pour ressentir quoi que ce soit. Elle est soulagée de le voir et lui, de son côté, est réconforté par sa présence. Il se met à pleurer à son tour.

— C'est trop, Sam, dit-il en la serrant contre lui. Deux personnes sont mortes. Mais qui est à l'origine de tout ça?

Elle s'écarte un peu pour le regarder et le sent

parcouru d'un frisson. Ils sont seuls. Les adultes sont allés dans l'autre pièce.

— Tim, tu penses que ce n'est pas un accident ?

— J'en suis sûr. C'est moi qui devais mourir. Tous les accidents me visaient.

— Mais peut-être que celui-ci était vraiment...

— Mick n'arrivait pas à ajuster son harnais, alors on a fait un échange, l'interrompt-il. Il portait le mien.

Sam ferme les yeux, incapable de regarder plus longtemps la douleur qu'elle lit sur son visage.

— Il faut que tu en parles au shérif, dit-elle calmement.

— Je le sais. Et ce ne sera pas facile. J'aurais dû lui en parler il y a plusieurs semaines.

Le reste de cette journée et le lendemain sont une sorte de cauchemar confus pour toutes les personnes qui ont un lien avec le ranch Lizardfoot ou le film *Vent d'Ouest*. Au début, c'est l'incrédulité générale. John se met en colère quand le shérif menace de mettre un terme au tournage, accusant d'abord Tim d'être prêt à tout pour attirer la publicité, puis le soupçonnant ensuite d'avoir provoqué les accidents lui-même. On a fait venir la police d'État, de même que les avocats de la compagnie cinématographique.

Plus tard, Sam n'arrive plus à se rappeler tout ce qui s'est dit ou fait au cours de ces heures affreuses, à l'exception d'un appel téléphonique qui est resté très présent dans sa mémoire. John a appelé les parents de Mick. Pendant qu'elle écoutait, serrée contre Tim, elle s'est rendu compte combien il est difficile d'annoncer délicatement pareille nouvelle.

La dépouille de Mick a été envoyée par avion en Californie, où vit sa famille. La police a passé en revue le moindre incident survenu depuis le jour où Tim est arrivé au ranch. Ironie du sort, le premier harnais de Mick était en bon état et le blocage de la courroie qui l'a incité à faire l'échange avec Tim était véritablement accidentel. En revanche, le harnais que Tim lui a remis était visiblement trafiqué.

Le shérif a maintenant un intérêt personnel dans cette affaire. Non seulement il aimait bien Mick, mais il doit désormais affronter sa fille. Jacquie est anéantie. Quand Sam est allée la voir, elle s'est sentie tout à fait impuissante quand la jeune fille s'est effondrée en pleurs dans ses bras. Leurs querelles se sont évanouies dans le chagrin qui les frappe toutes les deux. Sam n'a même pas répondu lorsque Jacquie, troublée, a prétendu que c'est Tim qui aurait dû mourir. Il n'y avait pas de réponse possible.

À contrecœur, Tim a raconté aux autorités ses liens passés avec Hélène, qu'on a interrogée pendant des heures. Sam a décrit la note qu'elle a trouvée, mais qui depuis a disparu. Quant à la lettre que Tim a reçue, elle est depuis longtemps détruite. Hélène a nié les avoir écrites et il n'y a pas l'ombre d'une preuve contre elle. On a aussi interrogé Nicole, puisque ce n'est un secret pour personne qu'elle est sortie avec Tim.

Le shérif n'a pas limité son enquête aux anciennes petites amies de Tim. Il a aussi questionné Sam. De toute évidence, il est convaincu qu'il s'agit d'une ruse publicitaire qui a mal tourné. Tim est le principal suspect de ce coup monté, mais le shérif McBride a aussi posé des questions à Sam à propos de John, de Larry Cabot, le second assistant, et même sur les cow-boys cascadeurs. C'est d'ailleurs là la difficulté de la situation: trop de personnes pourraient être responsables des accidents.

Le tournage va continuer, cependant. On y a investi trop de temps, d'argent et d'énergie pour tout arrêter. Le film sera dédié à la mémoire de Mick O'Connell.

Chapitre 12

Malgré la mort de Mick, il y a peu de scènes à modifier. Presque toutes les scènes importantes dans lesquelles il apparaissait ont été filmées et pourront être utilisées. Son personnage, Lenny, devait mourir dans un accident de voiture vers la fin du film et les scènes préparatoires sont presque terminées. Il suffira de filmer quelques plans accessoires. John a expliqué aux Phillips, comme pour s'excuser : «Ça peut paraître dur, mais c'est dans l'ordre des choses. Mick n'est pas le premier acteur à mourir pendant un tournage.»

Quelques jours après le service commémoratif au ranch, on tourne la scène qui suit la mort de Lenny. Elle est intitulée «L'adieu à Lenny» sur le tableau d'ordonnancement. La veille, Tim a avoué à Sam qu'il n'était pas certain de pouvoir la faire. Même dans d'autres circonstances, la scène aurait été difficile.

Sam observe calmement le tournage pendant qu'on répète les prises sans jamais se rendre jusqu'au milieu de la scène. Dans le film, Jeb et Lenny sont censés être tantôt des amis, tantôt des rivaux. Le sauvetage en montagne, avec les dangers qu'il comporte, les a rapprochés et ils ont fait du rodéo ensemble. Maintenant que Lenny a perdu la vie dans l'accident de voiture, Jeb réagit et doit affronter la réalité de la mort pour la première fois. C'est une scène critique au cours de laquelle Jeb doit faire une prise de conscience, et elle est chargée d'émotion.

Le maquillage de Nicole a besoin de fréquentes retouches à cause des vraies larmes qui ne cessent de l'altérer. Son rôle est minime dans la scène. Toute l'attention est centrée sur Tim. Mais lui n'arrive pas à jouer. Trop de parallèles existent entre le scénario et la vie réelle. Une heure s'écoule pendant laquelle Tim répète sans arrêt les mêmes répliques aux accents de réalité. John, d'une voix tranquille, réclame une autre prise.

— Encore une ! Encore une, merde !

Debout au milieu du corral, Tim regarde John avec colère.

— Et c'est la dernière, Ryder ! J'en ai assez de ces conneries !

— Alors mets-y de l'émotion, cette fois, rétorque John d'une voix toujours aussi calme. Un mannequin inerte serait plus expressif !

La voix de Tim se brise :

— Je ne peux pas, John. Je ne peux tout simplement pas.

— Oui, tu le peux ! lance le réalisateur d'une voix cinglante. On ressent tous la même émotion. Alors fais-la passer par la caméra pour que le public la ressente aussi. Mick était un professionnel. Il l'aurait fait. Et toi, es-tu un acteur, ou juste une vedette ?

Le dernier mot est chargé de sarcasme. Tim ne bronche pas. Puis, avec une apparente maîtrise, il fait un signe de tête. John demande le silence sur le plateau et dit d'une voix à peine audible :

— Très bien, moteur, s'il vous plaît.

— Moteur ! Claquette... Action..., répète une voix en écho.

— Jeb, il... il est parti, répète Nicole d'une voix étranglée.

— Non. C'est impossible, dit-il d'une voix éteinte, qui s'élève en un cri final. Nonnn !

La scène se poursuit. Cette fois, Tim y met tout son chagrin et sa rage. Des larmes coulent sur le visage de Sam. Tim atteint le point où John l'a arrêté plusieurs fois et continue. Sam voit John faire signe au directeur de la photographie de continuer à tourner. La voix de Tim flanche quand il arrive à la fin de la scène, et il s'écroule.

— Coupez ! dit John en se levant. C'est exactement ce que je voulais, Tim. Je savais que tu pouvais y arriver.

— Tu es satisfait ? C'est ce que tu voulais ? Tu...

Tim s'interrompt et se dirige vers le bout du

corral, puis il se met à jurer. Il insulte John, la production, lui-même, puis il se sauve en courant.

Sam part derrière lui, mais John l'arrête.

— Laisse-le aller, Sam.

Il la rejoint et lui met un bras autour des épaules.

— Laisse-le régler ça lui-même. Je le connais. En ce moment, il a besoin d'être seul.

— Mais... Je...

Elle se tourne vers John en se mordant la lèvre.

— Tout ira bien, lui assure le réalisateur, le visage humide de sueur et de larmes. Je crois qu'il avait besoin de faire cette scène. C'est la meilleure qu'il ait jamais faite. Mick aurait été fier de lui.

Sam continue de parler avec John. Sylvie et lui avaient l'intention d'annoncer officiellement leur mariage à la fête habituellement prévue pour marquer la fin d'un tournage, mais John se demande si, dans les circonstances, il ne vaudrait pas mieux annuler la fête. Il se sent personnellement responsable de la mort de Mick, même si de toute évidence il ne pouvait rien faire pour l'éviter.

Sam est d'avis que ce ne serait pas une bonne idée d'annuler ni la fête ni l'annonce du mariage. Il y a eu tellement de mauvaises nouvelles ces derniers temps qu'une fête ne fera que remonter le moral à tout le monde. Ils sont en train de discuter lorsque Nicole sort de sa loge. Elle a enlevé les dernières traces de son maquillage souillé de larmes et elle a de nouveau les yeux secs. John la salue, puis s'excuse et se dirige vers la maison.

— Où est Tim ? demande Nicole.

— Toujours dans sa roulotte, je suppose. Je vais aller le retrouver tout à l'heure. John dit que je dois le laisser seul.

— Ouais, approuve Nicole. On a tous eu des moments difficiles au cours du dernier mois, mais cette scène...

Elle est parcourue d'un frisson.

— J'espère ne plus jamais avoir mal comme ça pendant une scène. Même si ça devait me valoir un Oscar, je déteste ça.

— J'avais du mal à regarder, avoue Sam. Et, en même temps, je ne pouvais pas m'en empêcher. Je n'ai jamais vu Tim jouer de cette façon.

— Parce qu'il ne l'a jamais fait auparavant. Tout ça a fait de lui un meilleur acteur. Maintenant, chaque fois qu'il en aura besoin, il pourra aller toucher ces émotions au fond de lui.

Nicole ajoute après un moment de silence :

— Mais je crois que Tim abandonnerait volontiers le cinéma si ça devait ramener Mick.

Elles s'engagent sur le sentier que John a pris tout à l'heure. Hésitante, Sam pose la question qui l'empêche de dormir :

— Nicole, crois-tu que c'est Hélène qui est responsable ?

Ces derniers jours, Hélène est restée à son appartement en ville. Rick a engagé une autre doublure pour les dernières scènes, mais le shérif a demandé à la jeune cascadeuse de ne pas quitter la ville.

— Jamais de la vie ! répond Nicole en secouant vigoureusement la tête. Sam, je sais que tu n'as pas apprécié ce qu'elle t'a dit à propos de Tim, mais cette fille est beaucoup trop timide pour même envisager de faire une chose pareille. Le seul moment où elle n'a pas peur de son ombre, c'est quand elle monte à cheval. J'aime bien Tim, mais il lui a fait du mal.

— C'est justement ça, le problème, rétorque Sam. La note que Tim a reçue disait qu'il ne ferait plus de mal à personne. Et Hélène a eu mal.

— Quand même, je n'y crois pas. Elle a pu écrire la lettre, mais tu ne réussiras jamais à me convaincre qu'elle a planifié les accidents.

— Alors qui est-ce ? On peut prouver maintenant que ce ne sont pas des accidents. L'équipement de montagne a été saboté. Crois-tu que Tim l'a trafiqué pour obtenir de la publicité ? Ou John ? Ou Rick ?

— Non, bien sûr que non.

— Tu vois le problème, continue Sam, se parlant plus à elle-même qu'à sa compagne. Moi non plus je ne crois pas au coup publicitaire, même si le shérif est convaincu que c'est de ça qu'il s'agit. Et si ce n'est pas une affaire de publicité, on peut conclure que la lettre a un lien et qu'il existe une personne qui s'est sentie blessée par Tim.

Nicole jette un regard oblique à Sam.

— Au moins, tu admets qu'Hélène a été blessée.

— Je ne blâme pas Tim, rétorque Sam, prête à prendre la défense du jeune acteur. Peut-être qu'elle s'est imaginé des choses.

— Oui, probablement, rétorque Nicole d'une voix traînante. Et bien d'autres aussi se sont imaginé des choses. Et toi? À quel point crois-tu que tu seras blessée?

Sam s'arrête et regarde la jeune fille en face.

— Pas du tout.

Elle sait qu'elle ne dit pas la vérité, mais ce n'est pas non plus un parfait mensonge. Tout est tellement irréel, en ce moment, qu'elle pourrait facilement prétendre que tout l'été n'est que le fruit de son imagination.

— Ouais, bien sûr, réplique Nicole en hochant la tête, puis elle détourne la conversation. Au fait, comment va Jacquie?

— Elle est effondrée, répond Sam avec une petite grimace.

Elles marchent en silence. Une fois qu'elles sont arrivées à la roulotte de Tim, Nicole dit à Sam:

— Tu sais, Sam, personne ne sait d'où vient la réputation d'oiseau de malheur qu'a Tim, mais elle existe bel et bien. Il dit qu'il n'a jamais blessé personne, mais on sait qu'Hélène a eu mal quand elle s'est entichée de lui. Et Mick et Walter sont morts.

Et pense à ce qu'éprouve Jacquie. Rappelle-toi seulement que je t'aurai prévenue, Sam.

— Entrez! lance Tim lorsque Sam frappe à la porte de sa roulotte.

Elle entre, inquiète de la réception qu'elle aura. Sa voix semble lasse et il est affalé sur le petit canapé. Voyant qu'elle attend sur le pas de la porte, il se redresse et lui fait de la place à côté de lui. Elle s'assoit. Au moins, son attitude lui montre qu'il ne la mettra pas dehors. Du moins, pas encore.

Elle craint que ce qu'elle va dire lui déplaise, mais elle n'a pas le temps de formuler sa question qu'elle se retrouve dans ses bras. Il l'embrasse avec fougue, puis la tient serrée contre lui, au point qu'elle peut entendre battre son cœur. Elle lui caresse la nuque, elle lisse ses cheveux blonds soyeux et le console comme un enfant. Tout ce dont il a besoin, pour l'instant, c'est la chaleur de son étreinte.

Il finit par la libérer. Pendant qu'il se laisse retomber en arrière avec un soupir, elle l'observe du coin de l'œil. Si difficile que cela soit, il faut qu'elle l'interroge à propos des rumeurs qui circulent.

Mais il ne lui laisse pas le temps d'ouvrir la bouche et parle le premier.

— J'ai pratiquement perdu les pédales, tout à l'heure sur le plateau, dit-il en regardant droit devant lui. Tout ce que j'avais en tête, c'est que

Mick était mort et que moi j'étais vivant, et que ce n'était pas dans l'ordre des choses. Sais-tu ce qui m'a permis de continuer? Je me suis dit que la personne qui a tué Mick — parce qu'il s'agit bien d'un meurtre, peu importe qui était visé — voulait ma mort. Or, je ne suis pas mort et je vais trouver le coupable, même si c'est la dernière chose que je fais.

— Tu n'as pas d'idée de qui il peut s'agir?

— Arrête de me demander ça! s'écrie-t-il, à la surprise de Sam.

Puis, baissant un peu le ton, il poursuit:

— Tout le monde me demande la même chose. Le shérif, John, Nicole, Dave, toi. Mon agent m'a même téléphoné pour me le demander! Quelqu'un a ressorti le journal qui m'a fait la réputation d'attirer la mort.

Sam sursaute, mais il ne s'en aperçoit pas.

— Tous ces ragots sur mon compte qui prétendent que je porte malheur et que les filles meurent à cause de moi... Mon oncle a voulu intenter des poursuites, mais je l'en ai empêché.

Il fait une pause. Il a les yeux hagards.

— Je n'ai jamais compris pourquoi ils avaient publié ces mensonges, mais tu peux imaginer ce que c'était que d'essayer d'expliquer ça au shérif McBride.

Sam peut l'imaginer, en effet. Le shérif n'a pas beaucoup d'imagination et il est prêt à croire les pires choses sur Tim, ou sur tout autre acteur, à vrai dire. Même Mick n'y échappe pas, puisque Jacquie ne serait pas malheureuse, aujourd'hui, si elle ne s'était pas éprise d'un acteur. Le shérif est convaincu qu'il s'agit d'un coup publicitaire qui a dégénéré en drame. N'importe quel article de journal, si vague soit-il, ne peut que confirmer sa théorie.

— Et maintenant, il y a ça, dit-il en l'entraînant vers la commode. Regarde, mais ne touche pas. Je suppose que je vais devoir la remettre au shérif.

Une note repose sur la commode. Elle est écrite en lettres moulées au crayon à mine sur du papier de la compagnie cinématographique. N'importe qui aurait pu prendre une feuille de papier au bureau de la production. Le message dit : « Tu apportes la mort à trop de gens. Tu ne t'en tireras pas toujours. »

Sam le regarde avec horreur.

— Quand...

— Juste avant que j'aille tourner cette scène, répond-il d'une voix lasse. Comprends-tu pourquoi j'étais si bouleversé ? Ce n'était pas seulement à cause de Mick. C'est parce que le meurtrier entend continuer.

Il se rassoit et se laisse aller en arrière, les yeux fermés.

— Je ne veux pas qu'il arrive d'autres malheurs. Surtout pas à toi. Tu ferais mieux de partir. Je me sens vraiment comme un oiseau de malheur.

Elle se laisse tomber sur le canapé à côté de lui.

— Non, tu ne l'es pas, lui dit-elle en lui prenant la main. Et je ne partirai pas.

Le tournage est presque terminé. Après la scène de l'adieu à Lenny, il ne reste que quelques courtes scènes qui ont été repoussées à cause des retards. Le jeudi, pendant que Sam place les petits pains pour le lunch, elle se demande si le lendemain sera vraiment le dernier jour. D'ici la fin de semaine, presque tous les acteurs seront partis. Après leur départ, le nombre des personnes à nourrir diminuera considérablement et sa mère lui a dit qu'elle n'aurait plus besoin de son aide. Tim n'a pas encore parlé de son départ. Le shérif ne laissera sans doute pas partir Hélène, et il veut aussi que Tim reste, bien qu'aux yeux de la loi il n'ait rien contre lui.

— Sam.

Elle se tourne au son de la voix familière. Paul est debout derrière elle, tenant un plateau de viandes froides à la main.

— Ta mère m'a dit que tu étais ici. Tu as oublié ça et elle m'a demandé de te l'apporter, dit-il en lui tendant le plateau.

— Oui, je crois que je l'ai oublié.

Elle dépose le plateau sur la table près des petits pains et se demande s'il va lui dire pourquoi il est venu, parce que ce n'est certainement pas pour lui apporter les viandes froides.

— Comment ça va ? lui demande-t-elle.

— Très bien.

Un long silence s'installe, pendant qu'elle retire les plateaux de service du chariot.

— Je voulais te parler, dit-il enfin.

— Il faut que je reste ici pour le dîner, commence-t-elle, lorsque sa tante Sylvie arrive sur les entrefaites.

— Je vais m'en occuper, Sammie.

Sa tante lui retire la louche des mains, devenues soudain engourdies, et la pousse gentiment vers Paul.

— Je pense que tu dois au moins une explication à Paul, dit-elle.

Sam suit Paul à l'extérieur en serrant les dents pour ne pas laisser échapper de paroles blessantes. Ce qu'elle a à dire à sa tante, elle le lui dira plus tard, en privé. Elle est furieuse contre elle. Elle n'est jamais intervenue dans la vie de sa tante, alors pourquoi tout le monde se permet-il d'intervenir dans la sienne?

Dès qu'ils sont loin des oreilles indiscrètes, Paul lui parle.

— Écoute, Sam, je n'ai pas voulu m'imposer. J'ai seulement dit à ta mère et à ta tante que je voulais te parler et elles m'ont envoyé te porter le plateau et... euh...

Sam serre les dents un moment, puis pousse un soupir.

— Oui, j'ai vu. Ce n'est pas ta faute.

Elle n'en dit pas plus. Même si ce n'est pas sa

faute, elle n'a pas plus envie de lui parler pour autant.

Avec une douceur qui étonne Samantha, il la prend par les épaules et la tourne face à lui. Puis, en la regardant droit dans les yeux, il lui dit:

— Tu me manques, Sam. Je ne t'ai jamais dit à quel point tu fais partie de ma vie, peut-être parce que je ne m'en rendais pas vraiment compte. Et si tu ne veux plus de moi dans la tienne, je n'insisterai pas.

Il resserre légèrement son étreinte et continue:

— Tu dois me le dire, Sam. Je ne peux pas te laisser t'éloigner de moi sans un mot, comme s'il n'y avait jamais rien eu entre nous.

Sam a la gorge serrée en prenant conscience de ce qu'il vient de dire: *T'éloigner de moi comme s'il n'y avait jamais rien eu entre nous*... C'est de ça que tant de gens accusent Tim. Et il l'a presque admis hier soir, en parlant d'Hélène. C'est plus facile de s'éloigner sans un mot, mais ce n'est pas juste pour la personne qui reste et espère en vain, sans trop savoir que penser. Tim pourrait bien la laisser de cette façon, et ce ne serait que justice qu'il la traite comme elle traite Paul.

— Je ne te dirai pas que je ne suis pas jaloux, je le suis.

Ses yeux deviennent presque suppliants.

— Si tu me dis que tu es heureuse avec Tim, je n'ajouterai rien de plus. Mais tu dois parler, Sam. Je n'ai pas l'intention de laisser aller les choses à la dérive. Dis-moi de rester ou envoie-moi promener, mais dis quelque chose !

— Je vais le faire, dit-elle tout bas.

C'est une promesse qu'elle lui fait et elle va la tenir.

— Paul, je t'en prie, laisse-moi réfléchir un jour ou deux. Il va bientôt partir et avec... avec l'accident de Mick et tout ce qui est arrivé... Je ne sais plus où j'en suis ! Laisse-moi quelques jours de plus, je t'en prie.

Elle a terminé sa phrase presque dans un murmure. Il la regarde un moment.

— D'accord, Sam. Quelques jours.

Brusquement, il l'attire contre lui. C'est la première fois qu'il la prend dans ses bras depuis les funérailles de Walter. Ses mains robustes lui caressent le dos et elle sent leur chaleur réconfortante à travers son chemisier. Il se penche et l'embrasse brièvement, et elle retrouve toute son ancienne douceur. Puis il la serre de nouveau contre lui et dit à voix basse :

— Mais je te jure que si cet acteur de malheur te fait du mal, je vais le tuer !

— Ne dis pas ça, Paul ! s'écrie-t-elle en se libérant de son étreinte. Ne dis jamais ça.

— Décide-toi, Sam.

Et sans un mot de plus, il tourne les talons et s'éloigne.

Chapitre 13

Ce soir-là, Sam va jusqu'à la roulotte de Tim. Elle doit lui parler franchement, comme Paul l'a fait avec elle. Elle a passé la journée à réfléchir. Elle sait maintenant que les vedettes de cinéma ne sont pas que des personnages sortis de contes de fées, mais des gens qui font un travail difficile et fastidieux. Si plaisant que ce soit de les regarder évoluer pendant un certain temps, ce n'est ni son genre de travail ni son monde. Sa vie à elle est ici, sur le ranch.

Elle se rappelle le temps où Paul et elle avaient passé presque toute une nuit sans lune sur le plateau Lee à regarder les étoiles et à écouter les bruits nocturnes. Ils avaient écouté le lointain murmure des avions à réaction qui passaient très haut au-dessus de leur tête, en direction de Tucson ou d'autres villes plus éloignées encore. Mais il y avait surtout le bruit des insectes et des oiseaux de nuit et la sérénade d'une meute de coyotes. Il n'y avait pas de lueur des lumières de la ville, pas d'explosion de bruit, rien que le silence et les étoiles.

C'est vraiment le monde qu'elle aime, celui qu'elle veut. Et elle sait que Tim n'en fera jamais partie. Il l'apprécie en passant, de la même façon qu'elle aime bien aller courir les magasins en ville de temps à autre. Mais le cœur de Tim sera toujours pris par son travail. Il a grandi sur des plateaux de tournage, comme elle a vécu dans un ranch, et c'est là qu'il se sent chez lui.

Le fait de savoir tout ça ne lui facilite pas la tâche. Quand Tim la prend dans ses bras, elle a du mal à penser à autre chose qu'au bien-être qui l'envahit. Peut-être est-ce plus important que les cogitations sur le monde, le foyer, la réalité des études et de la famille. Et peut-être aussi que non.

Tim est sur le point de sortir lorsque Sam arrive à sa roulotte. Il l'embrasse et elle sent ses genoux fléchir en même temps que sa détermination. Comment renoncer à cela? Il n'est pas conscient de ce qui se passe dans sa tête et relâche son étreinte après un trop court instant.

— J'allais voir Vaurien une dernière fois, dit-il en lui montrant la pomme qu'il tient à la main. On va l'expédier chez moi demain. Tu sais, depuis un mois, je l'ai sans doute vu et monté plus que jamais depuis que je l'ai acheté.

Elle lui emboîte le pas et songe qu'il s'agit là d'une autre différence dans leur façon de vivre.

Elle ne peut pas imaginer posséder un cheval qu'elle ne pourrait pas monter chaque fois que le cœur lui en dit. Tim adore Vaurien, mais il peut rester des mois sans le voir. Ce n'est pas une façon de posséder un cheval.

— Je vais la couper en deux et tu pourras donner l'autre moitié à Brindille, dit-il.

Il lui prend la main tout en marchant, comme il l'a fait si souvent, les soirs de promenade. Sam se sent aussi nerveuse que si elle s'apprêtait à entrer dans l'arène pour le championnat mondial de rodéo. Ça ne simplifiera pas les choses d'attendre. Juste avant d'arriver à la grange, elle l'arrête et lui dit:

— Tim, qu'est-ce qui vient ensuite?

— Eh bien, ils vont expédier Vaurien demain. Toutes les scènes avec les acteurs sont pratiquement terminées. Ils vont mettre moins d'une semaine pour finir les petits trucs qui restent. Ensuite, ils vont commencer le montage...

— Ce n'est pas ce que j'ai voulu dire, Tim, l'interrompt-elle.

Elle parle calmement, mais cette fois elle est bien décidée à ne pas se laisser déconcentrer. Elle a laissé aller les choses trop longtemps.

— Que va-t-il se passer entre nous? demande-t-elle.

Il reste silencieux un moment, puis la prend dans ses bras et lui dit:

— Je t'aime, Sam.

Il s'apprête à l'embrasser, mais elle s'écarte de lui.

— Je le sais, Tim. Mais ce n'est pas une réponse.

Il laisse retomber ses bras.

— J'ai toujours essayé de ne pas faire de promesses, dit-il en la regardant dans les yeux. Trop souvent, je n'arrive pas à les tenir. Je ne peux pas te promettre que je vais toujours t'aimer. Je ne suis pas encore prêt.

Les yeux de Sam se remplissent soudain de larmes. Sa réponse est honnête, douloureusement honnête.

— Je pense que je ne suis pas prête non plus, Tim. Et après-demain, nous ne serons même plus ensemble. Tu pars après-demain, n'est-ce pas ?

Elle pousse la porte et ils entrent dans l'écurie.

— Oui. Je le regrette, Sam.

C'est la première fois qu'il admet ce qu'ils savent tous les deux : il va bientôt partir. Il sort de sa poche un canif et coupe la pomme en deux.

— J'aimerais te revoir, dit-il.

Il va vers la stalle de Vaurien et lui tend la pomme. Il l'apaise et flatte son encolure, pendant que Sam donne l'autre moitié de la pomme à Brindille. Les deux chevaux sont nerveux et ne tiennent pas en place. Sam se demande ce qui les effraie.

— Il faut que je retourne chez moi, dit Tim. Mon agent a quelques scénarios à me faire lire, et je veux discuter du montage avec John. Je ne me suis jamais préoccupé de cet aspect, mais cette fois j'ai des intérêts financiers dans le film. Il faut aussi que je passe un peu de temps avec mon oncle Bill, mais je pense que dans quelques semaines je pourrais revenir te rendre visite.

— Bien sûr. Comme tu le fais toujours.

Une voix s'est élevée derrière eux. Ils se retournent pour voir de qui il s'agit.

— Salut, Dave, dit Tim.

Puis sa voix s'éteint et il attire Sam contre lui. Dave Jeffries se tient dans la porte d'une stalle inoccupée de l'autre côté de l'écurie, un fusil de chasse braqué sur eux.

— J'ai fini de perdre mon temps à mettre au point des accidents, dit-il. Tu n'arrêtes pas de faire du mal autour de toi et il ne t'arrive jamais rien.

Il tient le fusil sans broncher.

— As-tu pris ça dans les accessoires ? lui demande Tim.

Il ne le pense évidemment pas, puisque tout en parlant il pousse Sam derrière lui.

— Non, c'est un vrai, Tim. C'est toi qui es faux.

Dave parle d'une voix saccadée et essoufflée, comme s'il avait couru.

Sam reconnaît le fusil de son père. Il est généralement rangé derrière la porte de la cuisine avec les cartouches, prêt à servir contre les serpents à sonnettes. Dave a dû le subtiliser.

Tim s'avance devant Sam de sorte qu'elle se trouve coincée entre lui et la porte de la stalle de Vaurien. Le cheval sort la tête et renifle le long de son cou.

— Dave, je suis un acteur, dit Tim.

Il joue en ce moment, affichant une confiance en lui qu'il n'a pas. Sam le sent trembler autant qu'elle.

— Et je ne suis pas plus faux que toi. Nous faisons partie du même milieu.

— Tu ne joues pas seulement devant les caméras, rétorque Dave.

Il avance de quelques pas dans leur direction sans que le fusil de chasse à deux coups dévie de sa cible.

— Je parle de tes jeux hors caméra, comme de dire à Sam que tu vas revenir la voir. Des jeux que tu joues quand tu blesses les gens. Quand tu les tues.

— Je n'ai tué personne, Dave. C'est toi qui l'as fait. Tu as tué Mick.

Tim essaie de rester entre Sam et le fusil, dans un geste de protection bien futile.

— C'est toi qui devais mourir ! s'écrie Dave en grimaçant pour retenir ses larmes. Tu t'en tires toujours. Quelqu'un d'autre meurt toujours à ta place. Cette fois, c'est toi qui vas mourir, Tim.

— Pourquoi ? demande Tim dans un murmure. Pourquoi as-tu fait ça, Dave ? Je croyais qu'on était des amis.

— Je t'ai prévenu, répond Dave. La lettre. Je t'ai dit que tu ne ferais plus jamais de mal à personne, et pourtant Walter est mort, et Mick est mort. Et par ta faute, Tim! Tout comme c'est par ta faute que Ramona est morte.

— Oh non! dit Tim en chancelant légèrement. Ramona...

— Oui, Ramona. As-tu déjà parlé d'elle à Sam? De la façon dont tu l'as tuée? De la façon dont tu l'as laissé tomber comme tu t'apprêtes à laisser...

— Je ne l'ai pas tuée! crie Tim. Elle s'est suicidée! Je ne l'ai même pas su avant des mois.

Il ravale ses larmes et continue:

— Tout était fini entre nous bien avant qu'elle se suicide.

— Un mois, intervient Dave. Un malheureux mois. Tu ne te souciais pas de faire du mal à quelqu'un dans ce temps-là, pas plus qu'aujourd'hui. Quand j'ai rencontré Hélène avant le début du tournage et que j'ai appris comment tu l'avais traitée, j'ai compris que tu ne changerais jamais. J'ai décidé de te remettre la monnaie de ta pièce. Tu as tué Ramona aussi sûrement que si tu l'avais abattue d'un coup de fusil.

Sam essaie de passer devant Tim, parce que Vaurien ne cesse de baver dans son cou. Elle a la gorge tellement sèche qu'elle a du mal à avaler, mais il faut qu'elle amène Dave à réfléchir. Le fait de lui rappeler que Tim n'est pas seul le fera peut-être hésiter. Mais Tim l'empêche d'avancer.

— Quand j'en ai entendu parler plus tard, j'ai pleuré. Je me fiche que tu me croies ou non. Je n'étais pas responsable. Elle a appelé quelqu'un à l'aide qui n'est pas venu.

— Moi, lance Dave. Moi! crie-t-il. Avant que tu arrives, on était amoureux. Je lui en voulais toujours et quand elle m'a appelé pour me dire qu'elle s'était empoisonnée, je ne l'ai pas crue. Je n'y suis pas allé.

Sa voix se brise et il lève le fusil.

— Elle m'a écrit une lettre avant d'avaler les comprimés. Elle n'arrivait pas à t'oublier, et tu n'es pas revenu. C'est ta faute, Tim. Tout est de ta faute.

Il arme son fusil et le déclic retentit comme un coup de tonnerre. Sam reste figée. Elle sent Tim se raidir lorsque Dave pointe le canon. Il vise Tim, l'arme appuyée dans le creux de l'épaule, comme quelqu'un qui a une longue expérience de ce type d'arme.

— Éloigne-toi de Sam, ordonne-t-il. Va vers l'avant près des balles de foin. Je ne veux pas blesser les chevaux. Sam, suis-le et ne te mets pas dans mon champ de tir. Je ne veux pas te blesser, mais je le ferai si tu m'y obliges.

Lentement, Tim fait un pas en avant, puis un autre. Les deux chevaux sont agités et hennissent. Ils sentent la peur et la haine dans l'air. Brindille, d'habitude aussi tranquille qu'un vieux cheval de trait, rue sur les murs. Le bruit de ses sabots contre la paroi de bois est infernal.

Dave fait un signe bref avec le fusil et Sam suit Tim. Il passe derrière eux. Son arme est immobile et il est à peine à quelques centimètres derrière Sam.

Une pensée folle lui traverse l'esprit. Elle se dit qu'elle pourrait se retourner et se jeter sur le fusil, pour permettre à Tim de s'enfuir. Mais il ne le ferait pas. Sans compter que le moindre faux mouvement amènerait Dave à tirer.

Une fois arrivés aux balles de foin en avant de l'écurie, ils s'arrêtent. Sam et Tim se retournent face à l'arme. Tout ce qu'ils peuvent faire, c'est repousser la mort le plus longtemps possible. Ils l'ont si souvent frôlée au cours de l'été, peut-être peuvent-ils encore une fois la défier.

— Tu ne pourras pas t'en tirer, dit Tim d'une voix assurée, comme s'il avait dépassé la peur.

— Je m'en fiche. Après t'avoir tué, je vais me tuer de toute façon. Plus rien ne m'importe. Tu vas payer, Tim.

Il lève de nouveau le fusil et ajoute :

— Éloigne-toi, Sam.

Elle secoue la tête et se rapproche de Tim.

— Non. Tu vas devoir nous tuer tous les deux, dit-elle.

— Non ! crie Tim d'une voix brisée, en essayant de la repousser.

Dave crie de son côté :

— Sam, je ne veux pas te faire de mal.

— Alors ne lui en fais pas ! lance une voix.

Paul est dans l'embrasure de la porte ouverte, derrière Dave. Celui-ci, surpris, se retourne à demi et, pour la première fois, l'arme meurtrière n'est plus braquée sur eux.

— Laisse tomber le fusil, Dave. Tout de suite.

— Non! crie Dave.

Il redresse l'arme d'une secousse et tire sur le mécanisme de détente juste au moment où Paul le saisit à bras-le-corps par-derrière. Presque instantanément, Tim pousse Sam derrière les balles de foin et plonge derrière à son tour. Le coup éclate violemment et le projectile va percuter le mur de planches derrière eux. Sam éprouve soudain une douleur cuisante à la joue, où s'est logé un éclat de bois. Dave et Paul se battent pour prendre le fusil. Sam se relève avec difficulté pendant que Tim grimpe sur les balles et plonge tête première dans la mêlée, faisant basculer les deux combattants. Tous les trois roulent par terre et Sam court vers eux.

Paul émet un grognement quand Dave lui enfonce dans la poitrine la crosse de son fusil. Dave se débat ensuite contre Tim et l'envoie à terre d'un coup de poing, puis il fonce vers la porte ouverte. Tim secoue la tête comme un lutteur sonné, puis se relève et court après Dave. Un filet de sang coule de sa bouche.

Sam se penche sur Paul, recroquevillé sur sa douleur.

— Ça va, dit-il en cherchant son souffle. Va aider Tim!

Sam hésite, puis elle entend tout à coup le ronronnement d'un moteur. Elle pivote sur elle-même et court jusqu'à la porte, puis s'arrête brusquement en voyant ce qui se passe à l'extérieur.

Dave est dans sa camionnette. Une fois de plus, elle a oublié de reprendre les clefs. Il accélère en faisant voler le gravier sous les pneus pendant que Tim s'accroche au panneau arrière de la caisse. Elle retient son souffle en le voyant ramper dans la caisse et sauter sur le côté droit de la cabine, prêt à se glisser par la fenêtre. On dirait une scène de l'un de ses films. Mais cette fois Tim agit de lui-même et il n'y a pas de caméras. La camionnette prend de la vitesse et roule en direction de la barrière qui s'ouvre sur la route qui mène à la ville. Des gens accourent en criant de la maison et des roulottes. La camionnette perd lentement de la vitesse, pendant que le moteur tourne encore plus vite.

Sam étouffe un sanglot et court vers la camionnette, qui s'arrête tout doucement au point mort pendant que le moteur hurle. Tim est toujours accroché sur le côté. Dave n'a jamais conduit la vieille guimbarde et n'en connaît pas les particularités. Le levier est coincé entre deux vitesses.

Le moteur s'éteint en toussotant. Dans la cour, des gens convergent vers la camionnette. Ils ralentissent en la voyant s'arrêter. Tim se laisse tomber du véhicule immobile et Sam court vers lui. Derrière elle, Paul sort de l'écurie en se tenant toujours la poitrine et vient les rejoindre.

Dans la cabine, Dave regarde droit devant lui, immobile, les mains serrées sur le volant. Une douzaine de personnes l'entourent et l'observent. Personne ne parle. Puis, lentement, pendant que le silence s'étire, Dave se met à pleurer, la tête posée sur les mains. C'est fini.

Une semaine plus tard, Sam et Paul vont reconduire Tim à l'aéroport de Tucson. Dave est en prison et son procès ne devrait être qu'une formalité, puisqu'il a tout avoué. Depuis, on a répondu à toutes les interrogations qui subsistaient.

Lorsque Sam a demandé à Paul comment il avait pu surgir dans l'écurie juste au bon moment, il a ri et même un peu rougi. «Je ne suis pas sûr d'avoir envie de te le dire», a-t-il répondu. «Ne me dis pas que tu as... deviné», a-t-elle rétorqué. «Presque, a dit Paul en la prenant par la taille. En fait, je vous épiais, Tim et toi. Comme vous ne sortiez pas de l'écurie, je suis entré pour vous séparer.» Sam s'est dégagée de son bras en lui disant qu'il n'aurait pas dû les espionner mais qu'elle était heureuse qu'il l'ait fait.

Tim a répondu à la question suivante. Ramona avait été sa première amie sérieuse et il a admis l'avoir laissé tomber. Il n'a jamais su à quel point elle en avait été bouleversée. On a retrouvé dans la roulotte de Dave la dernière lettre qu'elle lui a écrite. Samantha se dit que le plus tragique dans toute cette affaire est que si Dave avait admis sa culpabilité, Walter et Mick ne seraient pas morts.

Ramona a appelé à l'aide et Dave est resté sourd à son appel. Pour alléger sa peine, il a reporté tout le blâme sur Tim. Le suicide de Ramona était la première d'une série de tragédies.

Quel gâchis ! Jacquie ne se console pas de la mort de Mick, et Sam sait qu'elle ne sera plus jamais la même. Des vides ont été laissés dans la vie de beaucoup de gens, à Agua Verde et ailleurs, et tout cela à cause d'une histoire de cœur qui a mal tourné il y a deux ans.

Il est temps, maintenant, de laisser le passé derrière. Si Dave avait pu le faire, rien de tout cela ne serait arrivé.

Ils sont dans l'aérogare et attendent l'annonce du départ. Le vol a déjà une demi-heure de retard. Tim jette un coup d'œil à Paul et demande à Sam :

— Est-ce que je te verrai au mariage ?

— Seulement si tu reviens en Arizona, répond-elle. Tante Sylvie a convaincu John qu'il serait plus facile de faire la noce au ranch. Ils projettent d'y passer quelques semaines au retour de leur lune de miel à Honolulu. Ils iront ensuite s'installer à Hollywood. J'irai peut-être leur rendre visite un de ces jours.

— Je l'espère, dit-il en jetant de nouveau un coup d'œil à Paul. Vas-tu m'appeler si tu viens ?

Sam acquiesce en glissant sa main dans celle de Paul. Elle se souviendra toujours de Tim et elle espère qu'ils seront toujours amis. Leur idylle est terminée.

Tim regarde leurs mains enlacées et dit avec un sourire hésitant:

— Juste comme un ami.

— Comme des amis, ajoute Paul.

Tous les trois sourient pendant que le haut-parleur annonce:

— Les passagers en partance pour Los Angeles sont priés de se présenter à la porte numéro douze où les attend le vol Delta 151.

C'est le vol de Tim. Il y a un petit remous dans la foule et les passagers se dirigent vers la porte. Tim prend la main libre de Sam et lui dit:

— Tu sais, ça n'est jamais arrivé avant.

— Quoi donc?

Elle pense connaître la réponse, mais elle attend son explication.

— Je ne m'étais jamais rendu compte que c'est toujours moi qui mettais fin à quelque chose. Mais je n'ai jamais eu le courage de dire que c'était terminé. Peut-être que si je l'avais eu, Ramona ne serait pas morte, ni Walter, ni Mick...

— Et peut-être qu'il serait arrivé autre chose, l'interrompt-elle. Ma tante dit toujours qu'avec des peut-être, on n'arrive jamais à rien.

— Elle a raison, dit-il avec un soupir. Mais je suis content que tu ne m'aies pas laissé dans l'incertitude. Au revoir, Sam.

Pour la dernière fois, il la prend dans ses bras et l'embrasse.

Il serre la main de Paul et se dirige vers la passerelle d'embarquement. Samantha et Paul vont vers les grandes baies vitrées au bout de la salle des départs et regardent, enlacés, l'avion décoller et disparaître vers l'ouest.

Puis, main dans la main, ils quittent l'aéroport. La route est longue jusqu'à Agua Verde et jusqu'au ranch Lizardfoot.